선생님, 항우울제 대신
시를 처방해 주세요

선생님, 항우울제 대신
시를 처방해 주세요

오늘도 잘 살아 낸
당신의 마음을 토닥이는
다정한 심리학 편지

성유미 지음

서三삼독

지금 돌아보면 어림없는 소리지만, 스스로 "철이 들었다" 하고 자부하던 10대 때 이런 생각을 한 적이 있었어요.

"시인이 왕이 되어 통치하는 왕국은 얼마나 멋있을까!" 라고요.

고대 그리스의 철학자 플라톤은 "시인은 말을 앞세우고 가짜 이야기나 퍼트리는 존재이며, 절대적인 선과 진리를 추구하는 지혜로운 사람, 즉 '철인哲人'이 통치자가 되어야 한다"라고 생각했습니다. 그렇지만 제 마음 한구석에서는 여전히 시인이야말로 진정한 철인이라는 생각이 듭니다. 시인은 예민한 감수성과 언어로 진리를 표현한다는 점에서 지혜로운 사람이니까요.

의학을 공부하며 논리적이고 이성적인 세계에서 살아왔지만 제게 가장 지혜로운 말은 바로 시인, 예

술가들의 말이었습니다. 제가 삶의 모토로 삼은 글
도 바로 조각가 오귀스트 로댕의 것이에요.

감동을 잃어버리면,

사랑할 수 없다면,

소망하지 않으면,

떨림이 없다면,

살 줄 모르면,

사람이 아니야.

예술가가 되기 전에 인간이 되어라!

힘들어질 때마다 '그래 힘들어하는 난 정상이야,
이게 사람이야'라고 되뇌이며 버티곤 했던 기억이
납니다. 감동을 놓지 않았기에 실망도 있고, 사랑
을 포기하지 않았기에 슬픔도 있는 거겠지요. 소망
과 떨림을 잃어버리지 않기 위해 애를 썼기에 살아

있는 기쁨과 생생함을 맛보게 되는 것 아닐까 싶습니다.

　시인을 동경하면서 현실을 버려 냈던 것은 큰 행운임에 분명합니다. 시인들이 읊조리고 흥얼거리던 말무리들은 아름답지만 가슴 사무치는 것이었습니다. 시 속의 화자가 나인 것처럼, 혹은 시 속의 화자가 내게 말을 건네는 것처럼 시를 읽다 보면 위로와 깨달음이 동시에 찾아왔습니다. 때론 또 다른 나를 만난 것 같은 뜨거운 공감을, 때론 현실을 제대로 볼 수 있게 하는 날카로운 조언을 얻기도 했습니다. 그렇게 일찌감치 시의 위대한 치유의 힘을 맛보면서 힘든 10대를 통과해 왔지요. 그렇지만 저에게 영향을 주거나 깊은 인상을 남겼던 시들을 누군가에게 공개해 본 적은 거의 없었습니다. 뭐랄까, 내면의 속살을 내비치는 느낌이기도 하니까요. 저만의 비밀처럼 간직해 왔습니다.

　이렇게 그저 혼자서 시나 노랫말, 책 속의 구절
들을 통해 마음을 씻어 내리고 꿈을 꾸며 감정을 쏟
아 내곤 하다가 "시를 처방해 주세요!"라는 뜻하지
않은 요청을 받고는 꽤나 머뭇거려진 게 사실입니
다. 사실 많은 분들에게 '시 치료'라는 용어가 생소
할 수 있지만, 마음을 치료하는 시의 효과는 고대로
까지 거슬러 올라갈 만큼 역사가 오래된 것입니다.
예를 들어 히브리어로 쓴 시편^{Psalm}은 인간이 경험한
깊은 고통에 대한 호소, 희망을 향한 몸부림에 대해
생생하게 그리면서 지금까지 지속적인 울림을 주
고 있지요.

　정신건강과 심리를 치료한다는 뚜렷한 목적을
가지고 시가 활용되기 시작한 것은 19세기 이후부
터입니다. 시에 무의식이 반영되어 있으며, 숨겨 왔

던 판타지와 상징들이 시로 드러나게 된다는 점에서 정신분석가 프로이트의 이론과도 깊은 연관성이 있습니다.

시 치료의 배경이나 효과에 대해서는 전혀 모른 채, 오로지 개인적인 경험과 느낌만으로 시가 가진 치유의 힘을 믿고 있다가 정신과 레지던트 과정에서 니콜라스 마자Nicholas Mazza의 〈시 치료 이론과 실제〉 교과서를 발견하고 어찌나 반가웠던지요. '내 경험이 틀리지 않았구나!' 하는 짜릿함까지 느껴졌다고나 할까요.

'치유로서의 시'가 얼마나 훌륭한지 먼저 경험했기에 시와 심리학을 함께 이야기해 보자는 아이디어는 생각만으로도 설렙니다. 보다 많은 분들이 시가 얼마나 훌륭한 마음의 처방제가 될 수 있는지를 경험하기를 바랐기 때문입니다.

다만 제가 머뭇거린 이유는 가장 좋아하는 시, 아끼는 노래라는 것은 지극히 개인적이고 주관적인 것이라 과연 다른 사람들에게는 어떻게 받아들여질지 너무나 짐작하기 어려웠기 때문이지요. 마치 새로운 약물의 치료 효과를 검증받는 것처럼, 이 생소한 영역에 발을 디디면서 함께해 주실 독자 여러분의 반응이 궁금하기도 하고 떨리기도 합니다.

시와 노랫말을 고른 방식이 무척 궁금하시겠지요. 어린 시절부터 지금에 이르기까지 저의 개인 노트와 폴더에 기록되어 있던 시들이 주 바탕을 이루고 있고, 이 책을 쓰면서 '처방'의 목적에 부합할 만한 시들을 골랐습니다. 가급적 제 마음이 끌리는 대로, 미세한 촉이 흔들리는 곳을 찾아 국내외 시를 막론하고 힘닿는 만큼 열심히 찾아보았습니다.

내 마음에 의미 있게 와닿았듯이 여러분들의 머

리와 가슴도 울리게 해 줄까? 삭막한 마음에 촉촉함을 선사할 수 있을까? 주렁주렁 달아 놓은 설명들이 오히려 방해가 되진 않을까? 괜한 걱정들도 해 봅니다. 그럼에도 이 책 속의 시와 노랫말, 구절들을 만나 보면서 잠시나마 괴롭고 지친 마음을 털어 내고 삶의 생기를 얻게 되면 좋겠습니다. 또 일상에서 답답하고 막막한 중에도 한 꼬집만큼의 따사로운 빛줄기를 맛볼 수 있기를 기도하려 합니다.

그리고 이건 아주 개인적인 소망이긴 하지만 "시인이야말로 진정한 우리의 왕이 되어야 하지 않을까요?"라는 이 철없는 말에 망설임 없이 함께 맞장구쳐 줄 많은 '동류'들을 만날 수 있기를 바라 봅니다.

마지막으로 좋은 시를 찾는 과정을 함께해 준 서삼독 이정아 대표님의 애정 넘치는 헌신과 세심한

포착이 없었더라면, 제가 여러분께 시를 처방해 드린다는 건 정말 불가능했을 겁니다. 다시 한번 존경과 감사의 뜻을 전합니다. 그리고 각 시의 원작자인 위대한 시인들께도 깊은 고마움과 '추앙'을 드립니다.

성유미 드림

차
례

끝까지 해낸 일이

하나도 없어요

선생님, 저는 끈기가 전혀 없나 봐요.

어떻게 끝까지 하는 일이 하나도 없을까요?

매번 이런 식이니

제 자신이 한심하다는 생각이 듭니다.

아이들이 클라이밍 체험을 처음 접하면 어떤 반응을 보일까요? 그 전에 본 적이 있다면 모를까, 처음부터 무작정 올라가진 않습니다. 대신 벽에 알록달록 붙은 크고 작은 바위(홀드)를 호기심에 잡아 보거나 그냥 만지작거리다 말지요.

그러다가 누군가가 옆에서 성큼 올라서는 걸 보면 그때는 겁 없이(?) "나도 할래요" 하면서 따라 오르려 합니다. 하지만 아쉽게도 한 발 떼는 순간 몇 초 매달리지도 못하고 툭 하고 떨어지고 말지요. 도움을 요청해 보지만 영 쉽지가 않습니다.

아이들은 몇 번 시도하다가 안 되면, 그때는 부모가 도와주겠다고 해도 고개를 내젓습니다. 다른 놀이를 하겠다며 도전하기를 포기합니다. 클라이밍은 언뜻 보면 쉽고 흥미로워 보이지만 실제로 해 보면 생각보다 힘이 많이 들고 당장 큰 재미도 없어서 아이들은 금방 시큰둥한 모습을 보이지요.

"땡!" 그런데 갑자기 종이 울리면 아이의 눈은 동그래집니다. 끈기 있는 누군가가 끝까지 올라가서 꼭대기의 종을 친 겁니다! 이 순간 반전이 일어납니다. 그때부터 아이의 눈빛은 달라지고 다시 해 보겠다고 덤벼듭니다. '종소리'가 일종의 동기부여를 한 셈입니다.

이번에는 좀 길게 갑니다. 어찌어찌해서 꼭대기까지 오르는 데에 성공하고 스스로 '종 치는 맛'을 알고 나면 한 번 더 하겠다고 아주 난리를 피웁니다. 그때는 부모가 힘에 부쳐서 조금 쉬자고 해도 한 번만 더 도와달라고 애원합니다. 그렇게 아이가 끝까지 해내려고 온 힘을 쓰는 걸 보고 있노라면 성취하는 맛과 재미가 얼마나 중요한지를 여실히 깨닫습니다.

어른도 마찬가지입니다. '왜 나는 끝까지 해내는 일이 없지' 하면서 끈기가 없다고 고민하고 있다면 먼저 '내가 이 일에 재미를 느끼는가? 좋아하는가?'를 생각해 보아야 합니다. 그 일이 재미있어지고 좋아지면 '끝까지 하는 힘'은 저절로 생깁니다. 하지 말라고 해도 하고야 맙니다. 주변의 온갖 도움을 끌어서라도 해내고 싶어 하는 게 사람입니다.

오랫동안 자신에게 끈기도 인내심도 없다며 자책해 왔다면 먼저 '자책의 덫'을 끊어 내길 바랍니다. 일을 벌이기만 하고 마무리하지 못하는 것에 대한 자책, 자신은 늘 용두사미 격이라는 자괴감에서 벗어나자는 얘기입니다.

"어떻게 넌 끝까지 하는 게 하나도 없니?"

"그러게 말이에요……."

약간의 질책 섞인 말만 들어도 고개가 떨궈지곤 했다면 이젠 이렇게 대구할 때가 되었습니다.

"내가 끝까지 할 수 없는 것들, 하기 싫은 일들이어서 그만두는 게 옳은 결정이었다고요!"

그런데 한 가지 짚고 넘어가야 할 것도 있습니다. 정말 할 수 있는 게 없었던 것인지, 혹시 나의 힘으로 상황을 바꿔 볼 수는 없었는지 질문을 던져 봐야 합니다.

동물행동심리 용어 중에 '학습된 무기력 Learned Helplessness'이라는 말이 있는데요. 혼자 힘으로 피하거나 극복할 수 없는 환경에 반복적으로 노출되어 회피하지도 못하고 자포자기하는 상태를 말합니다.

예를 들어 개를 도망갈 수 없도록 묶어 두고 전기충격을 반복적으로 가하면, 나중에 풀어 둔 상태에서 전기 충격을 주어도 구석에 웅크리고 앉아 도망가지 못합니다. 스스로 극복하거나 뭔가를 할 수 있는 상태가 와도 여전히 무력한 채에 머무르는 것인데요. '무력감의 관성'이 붙어 버린 것이지요.

그렇다면 이 같은 동물적 학습 상태에서 벗어나려면 어떻게 해야 할까요?

먼저 나를 무력하게 만들었던 '원인조건'을 향해 "No"를 외쳐야 합니다. 동시에 이젠 조건도 상황도 달라졌다는 사실을 스스로 '천명'해야 합니다. 현실의 장벽보다 더 높은 것이 마음속에 있는 무력감의 벽입니다. 나를 무력하게 만들었던 그 장벽은 가슴에 남은 잔상일 뿐 실제로 존재하지 않는다는 것, 그것만 알면 됩니다.

적은 외부에 있는 게 아니라 내부에 있습니다. 요즘은 '나의 적은 바로 나'라는 뜻으로 '나적나'라는 말을 쓴다고 하던데요. 틀린 말은 아닙니다. 내 안에는 내가 정말 원하지 않아도 관성처럼 작용하는 부분이 있기 때문입니다. 우리가 현실에서 승리하기 위해선 내 안의 낡은 관습과 관성으로부터 자유로워져야 한다는 걸 명심하세요.

지금부터 당장 해야 할 일을 말씀드릴게요.

하나, 나는 끈기가 없다는 오래된 세뇌, 학습된 무기력에서 벗어날 것.

둘, 실제로 없는 것은 끈기가 아닌 자신을 향한 믿음, 그리고 자신감이라는 사실을 인지할 것.

셋, 자신감은 자신이 좋아하는 것을 찾을 때, 그것을 하게 될 때 자연스럽게 따라온다는 사실을 명심할 것.

딱 한 번만, 스스로 "땡" 하고 종을 울려 보세요. 처음에는 분명 어렵게 느껴질 테지만 스스로 관성을 깨고 성취의 기쁨을 느끼고 나면 그전과는 달라진 자신을 느낄 수 있을 겁니다.

최고의 것을 기대한다면 당신이 이루고자 하는 것에 '전심'을 다하세요.
인생에 실패하는 까닭은 능력이 없어서가 아니라, 온 마음을 다하지 못해서입니다.
진심을 담아 성공을 기대해 본 적이 있나요?

마음이 없으면 온전히 이루지 못합니다.

마음 가는 곳에 당신의 시간과 열정, 에너지를 쏟게 됩니다.

바로 앞에 어떤 담이 놓여 있나요?

당신의 마음을 그 담장 너머로 던져 버리세요.

그러면 나머지는 자연히 따라올 겁니다.

당신의 끈기도, 집념도, 완수하는 힘도 그 마음을 따라갈 겁니다.

심장이 원하는 일, 좋아하니까 하게 되는 일,

그런 일을 하세요.

끝까지 해내는 '성공'을 원한다면!

___**전심, 노먼 빈센트 필**

나만 뒤처지는 것 같아요

세상 사람들 모두 잘만 사는데

저만 뒤처지는 것 같아요.

비교하기 싫은데 자꾸 비교가 되어 괴롭습니다.

많은 분들이 공감하실 만한 상담 내용을 하나 소개합니다.

"중·고등학교 때부터 같이 지내면서 10대를 함께한 친구들이 있는데, 이제는 각자의 길을 걷고 있어요. 취업도 하고 결혼도 하고 어떤 친구는 벌써 아이도 있어요. 저는 작은 회사를 다니긴 했는데 1년도 안 되어 그만두고 저와 잘 맞는 곳으로 가고 싶어 구직 중인데 쉽게 안 되네요. 점점 꿈도 목표도 희미해지는 것 같아요. 이력서 넣는 것도 지긋지긋하고……. 나이가 들어서인가 자신감도 점점 떨어지네요. 이러다 만년 취준생으로 있는 건 아닌지 막연한 불안감도 생기고요. 요즘에는 친구들과 단톡방에서 같이 얘기하는 것도 괴로워요. 모임에도 나가기 싫어요. 아, 그래도 '채팅방 나가기'는 안 눌렀어요. 그러다가 정말로 영영 저만 뒤처질 것 같아서요."

'절벽 불안'이라는 말이 떠오릅니다. 마치 절벽에 대롱대롱 매달린 듯 "여기에서 떨어지면 그땐 인생 끝이야"라는 절박한 심정이 느껴집니다.

사실 이런 절벽 불안을 안고는 어떤 것도 제대로 해내기가 어렵습니다. 결국 그 끝에는 자기 비관과 무기력의 늪에 빠지기가 쉽지요.

그런데 요즘 나이와 성별을 가리지 않고 이 같은 불안을 호소하는 사람이 많아지고 있어 참으로 안타깝습니다. 어떻게 해야 할까요? 이런 절벽 불안에서 벗어날 만한 좋은 방법이 있을까요?

불안한 마음과 강박행동은 서로 긴밀하게 연결되어 있습니다. 수많은 불안과 두려움 중에서 특히

'도태될지도 모른다는 불안'은 루틴화된 강박행동을 낳기 쉽습니다. 말하자면 "오늘 이걸 해내야 해", "이만큼 달려가야 하는데……", "이번 주까지는 이만큼 진도를 빼야 해" 같은 강박에 사로잡힌 인간 쳇바퀴를 만듭니다.

다람쥐나 햄스터는 쳇바퀴를 놀이나 운동 삼아 한다지만 강박적인 인간 쳇바퀴는 몸과 마음을 더욱 피폐하게 만들 뿐입니다. 생산성은 점점 떨어지고 그토록 원하는 목표에서 더욱 멀어지기만 하는 최악의 상황으로 치닫습니다.

잠깐 제 환자 이야기를 해 볼게요. 그분은 깊은 우울감과 무력감 때문에 자기 비관과 피해망상까지 생겨서 장기 입원한 상태였습니다. 그런데 상담 중에 이런 말을 하더군요.

"선생님, 저희 부모님은 저더러 가젤이 되라고, 엄마, 아빠가 주는 풀떼기로 충분하지 않냐고 해요. 맨날 뭐가 부족해서 문제냐고 하세요. 그런데요, 전

절대 가젤이 될 수 없는 사람이에요. 저는 풀떼기만으로는 못 살아요. 고기를 먹고 싶은 사자인걸요. 풀만 먹으니 항상 배가 고파서 허덕이고, 이제는 사자처럼 빠르게 뛰지도 못해요. 그러니 가젤도 절 무시하겠지요. 욕심부리다 이렇게 된 거예요. 능력은 개뿔도 없으면서요."

이 당시 환자가 우울증으로 인해 자기 비관 상태에서 벗어나지 못했던 터라 안타깝게도 '모든 것은 과욕을 부린 자기 탓'으로 결론을 내려 버렸습니다. 그런데 제가 보기에 이 환자의 핵심은 단순히 먹고 살 만하다는 게 사람의 행복을 결정하지 않는다는 것입니다. 누구나 마찬가지입니다. 사람은 안락함, 그것만으로는 살 수 없습니다.

고기는 사람의 욕망을 의미합니다. 여기에서 욕망은 자신이 정말로 원하는 바, 행복을 의미하는데요. 욕망은 결코 비난이나 판단의 대상이 될 수 없습니다. 그리되어서도 안 되고요.

그럼에도 인간 본연의 욕구와 욕망은 제대로 인정받지 못하거나 발현되지 못하곤 합니다. 특히 "네가 뭐가 부족해서", "먹고살 만하면 됐지"라는 말로 무시하기 쉽지요.

고기를 먹어야 하는 사자에게 풀만 주면 그 사자는 불행할 수밖에 없습니다. 그런데도 계속 자신을 억누르다 보면 어떻게 될까요? 어딘가 심각하게 아프거나 아니면 타인과 사회를 향해 비정상적으로 욕망을 표출하다가 참혹한 끝을 볼지도 모릅니다.

과연 제 환자가 갈망한 '고기'가 어마어마한 재산이나 누구나 존경할 만한 직업이었을까요? 아닐 겁니다. 다정함, 부모의 진심 어린 관심과 사랑, 자신의 느낌과 생각, 욕망을 있는 그대로 존중받는 것, 그런 것들이었을 겁니다.

이런 것들이 빠져 버리면 사람은 내면에서 굉장한 '허기'를 느끼게 되어 있어요. 이렇게 근본이 무시당한 채 사회적 성취와 성공을 강요하는 치열한

경쟁 분위기에 몰리고 또 그 속에서 압도되어 버리면, 그때부터는 정말 정신을 차리기가 어렵습니다. 여기에 실직이나 빈곤 같은 경제적인 문제까지 더해지면 이루 말할 수 없는 중압감에 시달리게 되는데 웬만해서는 피해 갈 수 없을 정도이지요.

제 환자처럼 부모가 이러한 문제를 제대로 도와주지 않고 오히려 가치관의 대립을 겪거나, 자신의 욕망에 귀 기울이지 않고 세상의 기준을 쫓다가 삶의 실질적인 주체성을 잃게 되면 더욱 난감해집니다.

결국 얼마나 빨리 자기 중심을 되찾느냐가 중요합니다. '내 삶의 주체는 내 자신이다'라는 자기 본연의 위치로 돌아가는 것이 관건이지요. 자신이 추구할 방향을 스스로 설정하지 않으면 이리저리 휘둘리다가 지쳐서 우울에 빠지거나 목적 없이 쳇바퀴만 도는 인생이 될 테니까요.

산 너머 언덕 너머 먼 하늘 밑
행복이 있다고 사람들이 말하네.

아, 나도 친구 따라 찾아갔다가
눈물만 머금고 돌아왔다네.

산 너머 언덕 너머 더욱더 멀리
그래도 사람들은 행복이 있다고 말을 한다네.

___산 너머 저쪽, 카를 부세

사람들은 계속해서 여기가 아니라 저쪽에 행복이 있다고 말할 겁니다. 그게 행복이 맞나요? 아니, 당신이 원한 행복인가요? 여기에 답을 하지 못하고 무작정 친구를 따라 길을 나서면 결국 '눈물만 머금고' 돌아오게 될 겁니다.

뒤처짐은 "빨리 앞서 나가!"라고 몰아친다고 해서 해결되는 게 아님을 명확히 하자고요. 오히려 너무 많은 에너지를 소모시키고 도태 불안을 더욱 자극할 뿐입니다.

누가 누구보다 앞서느냐 뒤처지느냐의 프레임에서 빠져나와 자신만의 '마이 웨이My Way'를 찾아야 합니다. 마이 웨이를 걷게 되면 신기하게도 도태 불안만큼은 연기처럼 사라질 겁니다.

기억하세요. 물에서 살든, 하늘을 날든, 산에 살든, 초원에 살든 그것은 당신의 선택입니다. 전적으로 당신이 '누구인가'에 달린 문제입니다. 물론 그 모든 과정을 당장 밟는 것은 힘들 수 있습니다. 우선은 정신부터 차려야겠지요.

제가 감히 권하고 싶은 건 이것입니다. 당신 안에 잠재된 욕망, 그러니까 '사자의 굶주림'부터 일깨우세요. 무엇을 원하나요? 접혀 있던 소망부터 하나하나 펼쳐 보세요. 다소 시간이 걸리더라도 괜찮습니다.

자기 마음을 구겨 놓고 방치한 사람은 아무리 밝은 햇빛 속에서도 빛날 수 없습니다. 남들이 좋다고 하는 것, 세상이 중요하다고 하는 것이 아닌 당신이 정말 원하는 것을 찾아 보세요. 그러면 당신은 저절로 반짝반짝 빛날 거예요.

사람들의 쓸데없는

관심이 싫어요

최근에 직장을 옮겼습니다.

'어딜 가든 새 사람에 대한 관심이야 있겠지' 하고

생각은 하지만 그래도 말들이 너무 많아요.

저의 전 직장이며 출신 학교며, 거기다 제 옷차림과

머리 모양, 액세서리까지 화두가 되더라고요.

한 귀로 흘려들으려 하는데도 참 피곤하네요.

왜 이렇게 남한테 쓸데없는 관심들이 많을까요?

"사람들의 관심이 싫다."

이 말에 많은 분들이 공감하실 거예요. 사소한 것까지 참견하거나 잔소리하는 사람들 사이에서 지내다 보면 나도 모르게 이런 말이 튀어나오지요.

그런데 한 가지 되묻고 싶어요. 세상에 과연 '쓸데없는 관심'이란 게 있을까요? 관심을 갖는 주체, 관심을 주는 사람들 입장에서는 모두 쓸모 있고 의미 있는 관심일 겁니다. "친해지고 싶어서"라고 말하며 친근감의 표시라고 주장할지도 모르지요. 다만 그런 관심을 받는 당사자에게는 불필요한 것일 수 있어요. 얼마든지 불편하고, 불쾌한 것으로 느껴질 수 있습니다. 관심이 너무 넘쳐서 성가시다 못해 일상을 흐트러 놓을 수도 있고 말이지요.

그러다 보면 사람과 사람 간의 관계를 싫어하게 되는 경우도 생깁니다. "차라리 아무도 내게 관심을 줄 수 없는 무인도가 낫겠어!"라는 말이 튀어나올 정도라면 사람들 사이에서 너무 치이고 힘들었던 게 분명합니다.

여기서 잠시, 스스로에게 질문을 던져 볼까요? 관심과 그에 대한 느낌이나 감정을 잠깐 분리해 보자고요.

나는 관심을 받는 것에 관심이 없는 사람일까?

나는 관심 자체를 정말 싫어하는 걸까?

내가 좋아하는 누군가가 관심을 보이는 것도 '결단코' 원하지

않을까?

어떤가요? 기존의 '관심'에 붙어 있던 지겹고 징글징글하고 힘든 느낌이 조금은 누그러지는지 살

펴 보세요. 그런 다음 타인의 입장이나 주장은 잠시 뒤로 한 채 나를 중심에 두고 '쓸데 있는 관심'과 '의미 있는 관심'에 대해 다시 생각해 봅시다. "쓸데 없는 관심이 난 정말 싫다"라는 말만 되뇌지 말고 자신에게 정확하고 분명한 언어로 이렇게 물어보세요.

"내가 진정 원하고 바라고 기대하는 관심은 무엇일까?"

이렇게 내가 원하는 진짜 관심을 쫓아가 보는 겁니다.

당신이 진짜 바라는 관심은 나 자신에 대한 진심 어린 관심, 나를 하나의 인격체로 봐주는 관심, 즉 '존중'이 바탕이 된 관심이 아닐까요?

존중을 원하는 당신에게 지금 주변 사람들이 보이는 관심은 어수선하고 영양가 하나 없는, 그래서 거추장스럽고 불쾌함만 일으키는 것들에 불과해요. 사실 이런 것들은 관심이라 부르기에도 민망한,

순전히 자기네들 호기심 충족용의 심심풀이 땅콩과 같은 가십거리일 뿐입니다.

피상적이고 이기적인 속성에 바탕을 둔 가십성의 가짜 관심과 당신이 바라고 원하는 진정한 관심 사이의 간격은 정말 큽니다. 그러니 이참에 더욱 분명하게 선 긋기를 하면 됩니다.

아마 당신은 새로운 환경에서 작은 마음 한 조각이라도 나눌 친구를 만날 수 있을 거라 기대했을지도 몰라요. 그렇지만 친구는 단순히 사람들이 많이 모여 있다고 해서 생기는 게 아닙니다. 이 사실을 기억하면 좋겠어요. 또 돈이나 매력으로 살 수 있는 무엇도 아니고요.

무엇보다 나만 잘한다고 해서, 내가 필요로 한다는 사실만으로 진정한 친구나 진정한 관심을 얻을 수 있는 것도 아닙니다.

그렇지만요. 준비는 할 수 있습니다. 나와 잘 맞

을 것 같은 좋은 사람이 나타날 때까지 침착하게 기다리고, 또 그 사람을 제대로 알아볼 수 있도록 눈을 반짝 뜨고 있는 거지요.

무엇보다 성가신 가시나 잡초들에 자신도 모르게 길들여지지 않도록 주의하세요. 우리는 무언가를 싫어하면서도 너무 오래 접하다 보면 원치 않아도 거기에 길들여지곤 합니다. 진정한 친구와 정말로 원하는 관심을 만날 때까지 진짜 관심과 가짜 관심을 절대 혼동하지 않도록 해요.

그리고 나에게 중요한 것이 무엇인지, 소중한 사람이 누구인지 되짚어 보면서 지금 조금 외롭더라도 친구를 갈망하는 마음을 쓸데없는 관심에 결코 내어 주지 말아요. 그동안 쓸데없는 관심들에 타의 반 자의 반으로 신경 쓰느라 오히려 친구가 될 수 있는 사람을 제대로 알아보지 못했을지도 모릅니다.

'친구가 될 수 있는 사람'이라고 했을 때 혹시 지금 떠오르는 사람이 있나요? 잠깐 대화해 봤을 뿐이지만 왠지 마음이 편해지고 말이 잘 통했던 사람이 있나요? 그렇다면 그 사람이 당신의 친구가 될 가능성이 높습니다. 놓치지 말고 꼭 한 번 다시 생각해 보세요.

인생이 추울 때 너를 만나
나를 꽃으로 대해 준 네가 고맙다
많이 밟힌 여정
한 번도 주목받지 못한 시선
너를 만남으로 나를 새롭게 만난다

인생이 추울 때 너를 만나
나를 꽃으로 대해 준 네가 고맙다

－만남1, 하금주

낯선 사람과
어울리기가 너무 어렵습니다

낯선 사람들 사이에 있으면 마음이 불편하고,

친해지는 데도 시간이 걸리는 편입니다.

'나이가 들면 괜찮아지겠거니' 했는데

여전히 사람들과 어울리는 게 어렵네요.

사회생활을 해야 하니 아닌 척은 하고 있지만

여전히 두렵고 긴장됩니다.

적극적인 사람이 성공한다.

외향적인 사람이 사회생활을 잘한다.

　

오랫동안 우리는 이 같은 강요에 치여 왔습니다. 심지어 알게 모르게 내성적인 성격은 부적응자를 지칭하는 말로 쓰이기도 하지요. 취업 면접에서 면접관이 "성격이 내성적이신가 봐요"라는 말을 하는 순간 긍정적인 신호는 아니라는 생각에 나도 모르게 위기감을 느끼게 되는 건 웃기고도 슬픈 현실 중 하나입니다.

　

그래서 낯선 사람과 쉽게 어울리지 못하는 자신

을 숨기려 하고, 그런 자신을 탓하는 마음이 늘 한 구석에 자리 잡고 있는 것이지요. 그나마 MBTI의 힘을 빌려 "나 I야!" 하고 조금 더 목소리를 낼 수 있게 되었다고 하지만 여전히 낯선 환경이나 처음 만나는 타인을 향한 불안을 마주하는 순간마다 '이를 어쩌나' 하는 걱정에 사로잡히게 됩니다.

그런데 이런 일이 자꾸 반복되면요, 자신감마저 떨어지고 그러다 보면 정말 나에게 큰 문제가 있는 건 아닌가 싶은 생각이 들 수 있어요. 더구나 "너 인간관계에 무슨 트라우마 있니?"라는 무례한 훈수까지 듣는 날이면 영락없이 심장은 쪼그라들기 일쑤입니다.

'외향성 vs. 내향성'이라는 이분법적 사고 또는 어느 한쪽만을 우월한 것으로 보는 편협한 시선으로는 '낯선 사람이나 상황에 대한 두려움'의 문제를 해결할 수 없습니다. 또한 사람의 성격은 그렇게 단순하게 설명할 수도 없고요.

우리는 지금까지 낯선 것을 즐기고 재미있어하는 사람들, 호기심이 발동하는 즉시 '접근 행동'으로 표현하는 사람들이 더 매력적이라고 평가하는 세상을 살아왔어요. 그렇지만 신중한 사람들, 낯선 대상에 대해 심사숙고하는 사람들이 존재한다는 것을 인정하고 이들의 매력에도 주목해야 합니다.

내향적인 사람들은 수줍음과 예민함을 가지고 있지만 그만큼 속 깊은 배려심, 사려 깊음, 뒷심과 끈기를 가지고 있기도 합니다. 이들을 마냥 부적응자나 소심하고 답답한 사람으로 치부한다면 그것이야말로 인류의 손해일지 모릅니다.

물론 정신적 외상(트라우마)에 의한 대인공포나 사회불안 증상인 경우도 있을 수 있습니다. 이를 타고난 기질이나 성향에서 비롯된 특성들과 헷갈리지 말고 잘 구분해야 합니다.

우리는 '긴장과 두려움'인지, 신중함에서 나온 '일단 멈춤'인지 구분하지 못하고 사는 경우가 많습니다. 어떤 상황이나 대상 앞에서 생각하느라 잠시 서 있는 것뿐인데 누군가가 불쑥 "왜 그래? 무서워서 그래?" 하고 물으면 어떻게 될까요?

이런 말은 문장 자체로 보면 질문의 모양을 띱니다. 하지만 정말로 묻는 것이 아니라 사실은 누군가의 섣부른 단정이 섞인 일방적 해석인 경우가 많아요. 그러다 보니 당연히 자기만의 고유한 생각의 흐름에는 상당한 방해 요소로 작용합니다. 자기 자신의 느낌에 더는 집중할 수 없게 만드니까요. 결국 자기만의 '내적 프로세스brain-mind process'는 끊어지게 되지요.

거기다가 그 누군가가 당신에게 꽤나 중요한 사람이어서 좋은 관계를 유지해야 한다는 모종의 압박까지 얹어지면 그러한 '강요'에 금방 순응해 버리는 게 사람입니다. '아, 내가 무서워서 머뭇거린 거구나' 하고 말이에요.

이렇게 이상한 통찰로 결론을 내 버리면 자기 고

유의 느낌과 생각은 순식간에 건조한 모래 더미에 파묻히고 맙니다. 신중함과 생각하는 중이라는 이유 있는 멈춤은 그렇게 소심한 아이의 성향, 심지어 증상으로까지 둔갑하는 것입니다.

사람이 자기 성향과 고유의 기질을 잃어버리면 오히려 진짜 불안증이 찾아오게 되어 있습니다. 우리가 자기 감정을 스스로 확신하지 못하면 중요한 센서를 빼고 살아가는 것과 같다는 사실을 기억하면 좋겠습니다.

더듬이 없이 외부의 무언가를 제대로 감지하기란 어렵지요. 그러다 보니 타인이 말해 주는 설명과 해석을 자기도 모르게 따라가게 되기도 합니다. 그렇지만 이런 상황이 여러 번 반복되면 원래 독립적인 성향의 사람조차도 의존적으로 변하게 됩니다.

자, 다음을 한번 읊어 보세요.
"사람들마다 '낯섦'에 대한 반응도는 전부 다르며

이후에 보이는 행동 양식 또한 개인의 내적 선택에 달려 있다."

이 말에 어느 정도 동의하나요? 그렇다면 이번에는 다음 말을 힘주어 되뇌어 보세요.

"낯선 것에 불안해하고 무서워하는 건 분명히 나름의 이유가 있어! 내가 어떻게 할지는 내 선택이야!"

이렇게 말해도 좋습니다.

"나는 낯선 것을 싫어하고 거부할 권리가 있어."

다른 사람의 일방적인 설명, 어설프게 이래라저래라 하는 지침에서 과감하게 거리를 둘 필요가 있습니다.

그리고 무엇보다 낯선 것에 대한 두려움 그 자체를 충분히 존중해 주세요. 두려움 너머에 있는 그 무언가가 또렷이 보일지도 모릅니다.

두려움은 섬세함과 세심함과 어우러진 '여린 마음'일 수 있습니다. 상대를 배려하는 이타성을 반영

하는 것일지도 모르고요. 낯선 것을 낯설어한다는 것, 타인을 두려워한다는 것은 그만큼 '유아적인 자기애(나르시시즘)'와는 거리가 멀다는 뜻이기도 합니다. 자기 자신만큼 상대를 중요하게 생각한다는 말이기도 하니까요.

말이 없이 조용하고, 큰 목소리로 자기 의견을 주장하지 않는다고 해서 당신이 나약하고 줏대 없는 사람이라는 말은 아닙니다. 작고 몰랑하고 한없이 약해 보이지만 속에 단단한 씨를 품고 있는 앵두처럼요. 내면이 단단한 사람이잖아요. 당신만의 야무진 씨를 잘 싹 틔우면 됩니다.

고 몰랑몰랑한 열매 속에
고 새빨간 살 속에
동글동글한 앵두 속에
돌보다 더 단단한 씨가 들어 있다
그것을 알아야 한다
그 연하고 부드럽고 고운

쬐꼬만 알 속에

야무진 진실이 들어 있다는 것을

_앵두, 이오덕

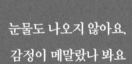

눈물도 나오지 않아요.
감정이 메말랐나 봐요

제가 감정이 너무 메마른 거 같아요.

드라마를 봐도 책을 읽어도 감동이 없어요.

웃지도 않고 울지도 않아요.

사는 데 불편한 건 없는데

가끔씩 계속 이런 상태여도 될까 싶을 때가 있어요.

뭔가 답답하고 숨이 막히고, 힘든 것 같은데 어떤 말로 설명해야 할지 잘 모르겠나요?

혹시 내 감정을 외면하고 있다는 생각을 해 본 적이 있나요?

이 질문에 주저 없이 "아니요"라는 답이 나오지 않는다면, 조금이라도 머뭇거림이 있다면, 자신의 삶을 스스로 한번 정의해 보았으면 해요. 행여라도 내 삶이 '로보트 같은 삶'이 되어 버린 건 아닌지 돌아보자고요.

만약 그렇다면 당신에게 아주 중요한 숙제를 하나 내 드리겠습니다.

감정을 되찾으세요.

박제된 감정에 생명을 불어넣는 것, 그게 오늘 이 순간 당신이 꼭 해야 할 삶에 대한 의무입니다. 웃어야 할 때 웃지 못하고, 울어야 할 때 울지 못하는 당신에게 웃음과 울음이 마음껏 피어나는 감정의 자유 시간을 주면 좋겠어요.

일주일에 한 시간, 그러니까 매일 7분 정도는 마음의 철벽 방어를 풀고 '심금을 울릴' 시간을 주세요. 우리 마음 안에 풍악 소리가 즐거이 울려 퍼질 때, 그때야 비로소 감정은 살아납니다.

방법은 간단합니다. 오늘 힘들었던 것은 무엇인지, 왜 힘들었는지, 그때 내 몸은 어땠고 어떤 기분이었는지 적어 보세요. 한 줄이라도 괜찮습니다. 아주 잠깐 찰나에 스친 감정도 적어 보세요. 머리가 아팠는지, 아니면 가슴이 두근거렸는지 같은 몸의 상태도요. 몸과 마음은 긴밀하게 연결되어 있기 때문에 내 몸의 반응도 중요합니다.

반대로 즐거웠거나 행복했던 순간도 적어 보세요. 로또 1등 당첨 같은 거창한 행복 말고요. "출근길 버스에 사람이 없어서 내가 좋아하는 자리에 앉아서 왔다" 같은 것도 좋습니다. 어떤 기분이었나요? 그걸 적어 보세요.

고작 하루 7분으로 뭐가 되겠냐고 생각할지 모릅니다. 이걸 적는 게 무슨 의미가 있냐고, 달라지는 게 있기는 한지 의아할 수 있어요. 하지만 됩니다. 빛은 실금을 통해서도 들어오는 법이거든요. 그러니 1밀리미터의 가느다란 틈이어도 상관없습니다. 완전히 막아 두지만 않는다면, 당신의 감성은 살아나고 해묵은 감정도 진정한 의미를 회복할 거예요.

아주 사소하고 작은 감정이라도 예민하게 알아차리고 소중하게 돌봐 주어야 합니다. 부정적인 감정도 마찬가지예요. 슬픔, 분노, 좌절, 질투 같은 감

정도 다 당신의 것입니다. 그건 옳고 그름이나 좋고
나쁨으로 판단해서는 안 되는 것이에요.

인간이라는 존재는 여인숙과 같다.
매일 아침 새로운 손님이 도착한다.

기쁨, 절망, 슬픔
그리고 약간의 순간적인 깨달음 등이
예기치 않은 방문객처럼 찾아온다.

그 모두를 환영하고 받아들이라.
설령 그들이 슬픔의 군중이어서
그대의 집을 난폭하게 쓸어 가 버리고
가구들을 몽땅 내가더라도

그렇다고 해도 각각의 손님을 존중하라.
그들은 어떤 새로운 경험을 주기 위해
그대를 청소하는 것인지도 모르니

어두운 생각, 부끄러움, 후회

그들을 문에서 웃으며 맞으라.

그리고 그들을 집 안으로 초대하라.

누가 들어오든 감사하게 여기라.

모든 손님은 저 멀리서 보낸

안내자들이니까.

_여인숙, 잘랄루딘 루미

당신에게 찾아온 감정이라는 손님을 잘 맞이해

주세요.

그러다 어느 날에는 나도 모르게 눈물이 날지도

몰라요. 갑자기 몇 시간 동안 엉엉 울 수도 있어요.

괜찮습니다. 그렇게 울고 나면 후련해질 거예요.

Letter 06.

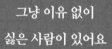

그냥 이유 없이

싫은 사람이 있어요

정말 미칠 지경이에요.

'미워하지 말아야지, 신경 쓰지 말아야지'

생각은 하는데 그렇게 안 되니 더 힘들어요.

그 사람이 저에게 딱히 잘못한 건 없어요.

그런데 이상하게 그냥 목소리도 듣기 싫어요.

이제는 이런 저 자신까지 싫어지려 합니다.

정말 답답해요.

아무래도 싫은 사람, 그냥 이유 없이 불편한 사람이 있을 수 있습니다. 그런데 그런 사람과 한 공간에서 의무적으로 계속 함께해야 한다면 어떨까요? 겪어 보신 분들은 알겠지만 생각보다 힘들고 스트레스 받는 일이에요.

이런 괴로운 순간에 우리는 과연 무엇을 할 수 있을까요? 우선 어떤 상황인지부터 알아야 그다음에 무엇이든 시도해 볼 수 있을 겁니다. 사실 사람이 싫은 이유, 그것도 '이유 없이' 싫어지는 이유에 대해서는 정말 많은 해석과 설명들이 나올 수 있는데요. 여기에서는 일종의 '인간 알레르기' 반응으로

이 문제를 살펴볼까 합니다.

인간 알레르기라는 병명은 처음 들어 본다고요? 이 말은 일본의 정신과 의사 오카다 다카시가 《나는 왜 저 인간이 싫을까?》라는 책에서 한 말인데요. 바로 이런 병이라고 합니다.

"인간이 인간을 과도한 이물질로 인식하고 심리적으로 거부 반응을 보이는 증상을 '인간 알레르기 Human Allergies'라고 명명한다."

세상에, 인간 알레르기라니! 이런 표현이 사이다 같이 통쾌하기도 한데 한편으론 찝찝할 수도 있어요. 그래도 한 인격체, 한 명의 사람인데 이를 한낱 알레르겐allergen(알레르기 항원) 취급하는 것 같아 영 개운치 않을 수 있습니다.

그렇지만 사람이든 사물이든 한 개체를 놓고 보면 무엇이든 '자극원'이 될 수 있습니다. 그리고 이 개념은 알레르기 반응이 알레르겐만의 문제는 아니라는 걸 전제로 합니다. 같은 알레르겐이라고 해서 모두가 다 같은 반응을 보이는 건 아니니까요.

다시 말해 나의 타고난 특성의 영향일 수도 있고, 내 면역 체계가 일시적으로 약해져서 혹은 체질에 변화가 와서 그럴 수도 있다는 말입니다.

더 중요한 것은, 알레르기 반응은 나 자신이 의식적으로 통제하고 조절하는 데 한계가 있다는 사실입니다. 이 점을 이해하는 것이 중요합니다.

한 인간이 지독히도 싫어지는 현상을 이러한 알레르기 반응으로 이해하고 받아들이면 해결 방안이 달라집니다. 우리에게 필요한 행동은 당장 알레르겐과 싸우는 것이 아닙니다. 무턱대고 접해 봤자 알레르기 반응만 더 과하게 올 뿐이니까요.

그렇다고 알레르겐을 당장 제거할 수도 없는 노릇입니다. 사람을 내 마음대로 없애거나 통제하는 것은 현실적으로 불가능에 가깝습니다. 그래서 너무 싫으면 피하는 게 상책이라고들 하는데 그렇다고 마냥 도망칠 수도 없는 노릇이지요.

그래서 일단은 피함과 동시에 알레르기 반응을 완화하는 데 도움이 될 만한 작은 방법을 시도해 보았으면 합니다. 어찌 보면 너무 간단하고 쉬워서 과연 효과가 있을까 싶고, 시시해 보일 수도 있지만 절대 그렇지 않을 겁니다.

혹시 이런 말을 들어 본 적이 있나요?

"귀여움이 세상을 구한다."

그냥 이유 없이 싫은 것만큼 강력한 것이 또 그냥 이유 없이 좋은 거거든요. 가만히 보면 이유 없이 좋은 것과 '귀여움'은 상당히 연결되어 있습니다. 싫은 감정이 너무 활성화되어 있는 걸 중화시키기 위해서 당신은 귀여움에 매료되는 시간을 가질 필요가 있습니다. 아름다운 것, 귀여운 것, 웃음이 "풋" 나오게 하는 것을 찾아 마음을 달래 주는 겁니다. 이런 것들은 자외선에 화끈 달아오른 피부를 달래 주는 쿨링 크림처럼 '진정 효과Soothing effect'가 있거든요.

싫고 미운 감정에 내 마음밭이 죄다 초토화되기 전에 말랑말랑하고 여린 부분을 가능한 한 '보존'해 두어야 합니다. 이런 무해함에 반응한다는 건, 그래도 아직 내 안에 '어린아이다움', 즉 동심童心이 남아 있다는 뜻이고, 우리는 이런 부분이 있어야 마음 전체가 '얼어 버리는 일凍心'도 예방할 수 있습니다.

작고 순수하고 귀여운 것들을 통해 당신의 동심을 조금이라도 확보했다면, 거기가 바로 지친 마음이 쉴 수 있는 '애착 지점attachment point'이 될 수 있습니다. 싫은 것을 피해 도망치더라도 엄마 품처럼 쏙 들어가 숨을 곳이 필요한 법이지요. 그렇지 않으면 외톨이가 되거나 어디 구석에 고립될 수밖에요.

인형, 담요 같은 원래 가지고 있던 애착 물건이 있다면 다시 잘 보이는 곳에 꺼내 두는 것도 좋습니다. 나도 모르게 웃음이 나오게 하는 멋진 연예인 사진도 괜찮아요. 고양이 사진도 좋겠네요. 뾰족해지고 예민해진 마음을 누그러뜨릴 수만 있다면요.

대학 본관 앞

부아앙 좌회전하던 철가방이

급브레이크를 밟는다.

저런 오토바이가 넘어질 뻔했다.

청년은 휴대전화를 꺼내더니

막 벙글기 시작한 목련꽃을 찍는다.

아예 오토바이에서 내린다.

아래에서 찰칵 옆에서 찰칵

두어 걸음 뒤로 물러나 찰칵찰칵

백목련 사진을 급히 배달할 데가 있을 것이다.

부아앙 철가방이 정문 쪽으로 튀어나간다.

계란탕처럼 순한

봄날 이른 저녁이다.

_봄날, 이문재

시 속에 나오는 배달원을 보세요. 그 바쁜 와중에

도 꽃을 바라보고 가네요. 그 순간에는 진상을 부리던 손님에게 받은 상처도 스르르 잊혀지지 않을까요. 이 배달원은 마음속에 있는 말랑하고 여린 부분을 보존하고, 무해함에 반응하는 지혜로움을 가지고 있는 듯합니다. 당신의 마음도 '계란탕처럼 순'해지도록, 그렇게 해 보자고요.

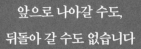

앞으로 나아갈 수도,

뒤돌아 갈 수도 없습니다

나이가 서른이 넘었지만 아직도 취업 준비생입니다.

졸업 후에 마땅히 하고 싶은 일이 없어서

도피 삼아 대학원을 갔고 공시 준비를 하다가

이마저도 잘되지 않아

뒤늦게 취직을 알아보는 참이에요.

공부한다고 알바도 제대로 한 적이 없어

사회생활 경험도 없고요.

이제 그냥 결혼이나 해야 할까요.

제 인생이 모두 꼬여 버린 것 같아서

온갖 생각으로 머리가 복잡합니다.

···

주위에는 온통 뒤엉켜 버린 실뭉치들만 잔뜩 있고 출구가 전혀 보이지 않으면 정말 답답합니다. 이걸 피해서 저걸 하고 저걸 피해서 이걸 했는데도 결국 제자리걸음, 아니 그만도 못한 것 같을 때가 있지 않나요?

우리는 종종 한숨이 나오다 못해 어디 갇힌 듯 숨이 막히고, 당최 어째야 할지 모르는 상황에 직면하곤 합니다. 이럴 때 무얼 할 수 있을까요? 대체 어떻게 해야 하는 걸까요?

어떤 사람은 도망가지 않고 문제 한가운데로 뛰어들겠다는 각오로 아예 새로운 일에 도전하라고 조언하기도 합니다. 그렇지만 이미 문제란 문제는 다 끌어안은 상태에다가 솔직히 더 들어갈 곳도 없어 보이는 상황에서는 일단 '멈춤'이 필요합니다.

그리고 당신에게 남은 상상력을 총동원해서 문제 밖으로 빠져나와야만 합니다. 일종의 '유체 이탈' 이매지네이션 기법이지요.

위에서 아래로, 조금 멀리 떨어져서 내가 처한 상황과 모습을 객관적으로 보아야만 합니다. 최대한 몸의 껍질은 그대로 둔 채 정신만 빠져나와 위에서 아래를 내려다보는 상태를 상상하는 겁니다.

2차원상에서 개미가 커다란 돌멩이에 가로막혀 낑낑대고 있을 때, 사람이 손으로 개미를 번쩍 들어 돌멩이를 가뿐히 뛰어넘도록 한다면 개미로선 좋으면서도(?) 어리둥절할 수밖에 없을 겁니다. 한편 3차원의 공간 활용이 너무나 자연스러운 사람의 시선에서는 그러한 개미가 안타깝고 답답하게 보이는 것 또한 당연합니다.

중요한 것은 사람은 2차원이 아닌 3차원을 살고 있고 4차원에도 도전하는 존재이며 그보다 훨씬 더 고차원도 상상할 수 있다는 사실입니다. 당면한 문제를 보다 '입체적'으로 보고 더 멀리 더 높은 차원에서 파악하는 것은 정말 유용한 삶의 기술임을 알려 주고 싶습니다. 이러한 방법이 아니면 사방이 꽉 막힌 미로에서 우리는 계속 헤맬 수밖에 없고 좌절만을 반복하게 됩니다.

아무리 복잡한 미로여도 위에서 보면 출구로 향하는 길이 보이는 법입니다. '나는 직관도 없고, 상상력도 부족한데……'라며 주저하지 마세요. 다행히 모든 인간에게 '상상하는 힘'은 공통적으로 주어져 있습니다. 이 사실 하나만 믿고 해 보는 겁니다.

그러면 이제 두 가지 길을 상상해 보세요. 하나의 길은 그동안 내가 걸어왔고 그 연장선상에서 뻗어 있는 길입니다. 다른 하나는 내가 한 번도 선택하지 않은 길입니다.

내가 걸어온 길이 이미 많은 사람들이 왕래하던 길이라면 이제껏 나도 모르게 따라간 건 아닌지 스스로에게 물어보세요. 말하자면 길이 나 있었기 때문에 그냥 걸어간 것은 아닌지 확인해 보는 거지요.

정말 원해서 갔던 것인지, 자발적으로 선택한 길이 맞는지를 곰곰이 생각해 봐야 합니다. 가족이나 주변의 영향력 있는 누군가의 입김으로 선택한 것은 아닌지도 따져 보라는 얘기입니다.

과거의 여러 가지 선택들이 딱히 당신에게 잘못되거나 해를 미친 것은 없었다 하더라도 그래도 다시 되짚어 봐야 합니다. 과연 내게 맞는 길이었는지를요.

세상에 옳고 그름 이상으로 중요한 게 있어요. 바로 자기 자신에게 '합당한 것'인가 하는 거예요. 아무리 좋고 귀한 것이라도 내게 맞지 않는 옷은 결국엔 입을 수 없고, 제아무리 고급 음식이라고 해도 나와 맞지 않으면 구토를 일으키는 법입니다. 되려

몸만 상하기 십상이지요.

당신에게 맞는 길이라면 다른 곳으로 눈길을 돌리지 말고 우직하게 계속 가면 됩니다. 만약 내게 맞는 길이 아니었다면 이제는 한 번도 선택해 보지 않은 새로운 길을 찾아야 합니다. 이 단계에서는 상상의 힘을 더 발휘해 보세요. '될까 안 될까'를 고민하는 것보다 '내가 진정으로 해 보고 싶은 일인가 아닌가'를 확인하는 게 먼저입니다.

'빅 피처'라는 말 들어 보셨지요? 사람은 태생이 자기애가 강하고 이기적인 존재지만 참 희한하게도 당장 눈앞의 이득에 연연하지 않고 보다 큰 그림을 그릴 줄도 압니다. 참고 기다릴 줄 아는, 그래서 결국에는 더 크고 좋은 것을 얻어 내는 '인내하는 속성'을 동시에 갖고 있는 것이지요.

물론 자신이 원하는 것을 완전히 포기하지 않고 "내가 원하는 보물을 얻어 내고 말겠어!"라는 성취와 소유 의지가 여전히 삶의 기본 원동력으로 작동하는 것은 맞습니다. 그래서 빅 피처를 그리며 때를 기다리는 모습은 지극히 본능적인 욕구를 추구하는 이기적인 속성을 극복하려 하는 성숙한 면모라고 할 수 있어요.

즉, 내가 그린 빅 픽처 속에 있는 것이 맞다면 초조해하거나 불안해하지 말고 그 길을 우직하게 가면 됩니다.

정리해 볼게요. 당신이 행복해지기 위해서는 다음의 지침이 필요합니다.

하나, '내가' 하고 싶은 것을 하고, 하기 싫은 것이나 남들이 강요한 것은 하지 않는다.

둘, 어려운 고비가 올 때마다 마음속 '상상의 마법사'를 자주 꺼내 활용한다.

셋, 무엇보다 '마음과 정신의 힘'을 신뢰한다.

이 글을 읽는 모두가 자신의 길을 찾아가는 데 작

은 응원이 될 수 있도록 '마음이 담긴 길을 걸어라'
라는 시를 들려 드립니다.

마음이 담긴 길을 걸어라.

모든 길은 단지 수많은 길 중

하나에 불과하다.

그러므로 그대가 걷고 있는 그 길이

단지 하나의 길에 불과하다는 사실을

언제나 기억하고 있어야 한다.

그대가 걷고 있는 그 길을

자세히 살펴보라.

필요하다면 몇 번이고 살펴봐야 한다.

만일 그 길에 그대의 마음이 담겨 있다면

그 길은 좋은 길이고,

만일 그 길에

그대의 마음이 담겨 있지 않다면

그대는 기꺼이 그 길을 떠나야 하리라.

마음이 담겨 있지 않은 길을

버리는 것은

그대 자신에게나 타인에게나

결코 무례한 일이 아니니까.

_마음이 담긴 길을 걸어라, 돈 후안

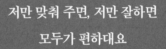

저만 맞춰 주면, 저만 잘하면

모두가 편하대요

왜 다들 "너만 잘하면 된다"라고 얘기하는 걸까요?

부모님은 장녀인 제가 참으면 집안이 편하다고

자주 말씀하세요.

회사에서도 남들이 기피하는 일은

모두 저에게 떨어지는 것 같아요.

욱하다가도 '진짜 나만 맞춰 주면 모두가 좋아지는 건가?'

하는 생각이 들어 참게 되네요.

사람들을 실망시킬까 봐 그것도 두렵고요.

어릴 때부터 자신의 선택과 결정을 존중받지 못하고 다른 사람의 기대나 기준에 맞춰 살아왔다는 것은 참 서글프고 불행한 일입니다. 더 슬픈 것은, 그 자체가 자신을 향한 모질고 차가운 강요이자 족쇄라는 것을 모른 채 성장하게 된다는 사실입니다.

모르는 게 약이라고, 만일 진실을 그대로 알았더라면 작고 여린 어린아이에게는 삶이 너무나 비정하게 느껴져서 제대로 살아남을 수조차 없었겠지요. 가녀린 정신을 보호해 주기 위해 무의식이 진실에 눈을 감도록 만들었을 겁니다.

그런데 문제는요. 어른이 되면 더 이상 그런 무의

식의 보호가 우리 자신을 보호해 주지 못한다는 데 있습니다. 사회에서는 자기 자신의 생각과 느낌을 분명하게 인식하고 주장해야만 삶의 주체성이 확보되거든요.

알아서 내 영역을 대신 지켜 줄 사람이 어디 있을 까요? 직장에서건 일반적인 모임에서건, 서로 책임 질 건 책임지되 아니라고 말해야 할 때는 과감하게 "No!"를 외쳐야 자기 '입장'을 지킬 수 있다는 말입 니다.

당신에게 부모님과의 마찰이란 더 큰 화*에 대 한 전조 현상이었을 수 있습니다. 그러니 자그마한 갈등도 일어날 싹을 만들지 말자는 심정으로 그렇 게 조용히 순응하고 또 순응해 왔을 테지요. 10년이 지나고 20년이 지나는 동안 당신이란 존재는 그저 순한 사람, 주변 사람들에게 잘 맞춰 주는 사람으로 살아왔을 겁니다.

그렇게 다른 사람은 속일 수 있을지 모르지만 자

신만큼은 영원히 속일 수 없습니다. 당신의 마음속은 여전히 전쟁 중일 거예요. 불안과 두려움의 먹구름이 늘 가슴 한편에 드리워져 있겠지요. 어떤 식으로든 전쟁을 치르지 않고서는, 당신의 내면세계에 온전한 평화는 결코 오지 않을 겁니다.

누군가와 싸울 때마다 난 투명해진다

치열하게

비어가며

투명해진다

아직 건재하다는 증명

아직 진통할 수 있다는 증명

아직 살아 있다는 무엇

_사는 이유(일부), 최영미

물론 자신이 없을 수 있습니다. 그렇지만 치열하게 싸워야 진정으로 살아 있을 수 있습니다. 비록 '진통'의 과정이지만 그게 당신이 '건재하다'는, '살아 있다'는 증명입니다. 여기에서 싸운다는 것은 나 자신과의 싸움이기도 하고, 외부와의 싸움이기도 합니다. 내가 원하지 않는 것을 강요하는 외부와는 물론이고 '이렇게 하면 내가 잘못된 행동을 하는 것은 아닐까?'라고 제동을 거는 과거의 나와도 싸워야 합니다.

당신 자신의 길잡이는 부모도, 상사도, 그 누구도 아닌 당신 자신이어야 해요. 당신의 생각과 느낌이 아무리 보잘것없게 여겨져도 그것이 당신의 내면 세계에서는 '정중앙'에 위치해 있어야 합니다. 당신은 그럴 만한 자격이 충분합니다.

마음이 행하는 바를 따르십시오.
모든 중요한 일에 있어
당신의 마음만이 올바른 길잡이입니다.

"그러나 나의 마음은 참으로 보잘것없습니다."

두려워하지 마십시오.

그대가 행하고자 하는 것은

우리들 마음속에

살고 있는 신神이 결정하는 것입니다.

_마음이 행하는 바를 따르십시오, 칼릴 지브란

Letter 09.

갑자기 탈진 상태가 되었어요,

아무것도 하기 싫어요

문득 정신을 차려 보니 제가 완전히 지쳐 있더라고요.

몸만 그런 게 아니라 마음까지요.

저도 모르게 무력감의 늪에 빠진 것 같아요.

매일매일 쉬지 않고 달리는 시계가 있습니다. 비가 오나 눈이 오나 쉬지 않고 달리던 시곗바늘은 어느 날 거짓말처럼 뚝, 멈춰 버립니다. 저런, 배터리가 다 됐군요.

사람도 그럴 수 있습니다. 365일 의욕 넘치게 일하던 사람이 하루아침에 몸과 마음의 힘을 잃어버리는 경우를 심심치 않게 목격합니다. 몸이 더는 말을 듣지 않고, 우울함까지 덮쳐 오는 상황입니다.

도대체 무엇이 문제일까요? 이럴 때는 어디에서부터 어떻게 실타래를 풀어야 할까요?

"단순하게 살아라."

실타래를 푸는 열쇠는 이 한마디에 있습니다. 어렵겠지만 최대한 마음을 비우고 스스로 가장 단순한 상태라고 할 수 있는 모드, 그러니까 일종의 절약 모드로 전환하는 겁니다. 숨만 간신히 쉬어도 좋다는 심정으로, 더 이상의 기대와 요구를 과감히 제치고 '단순한 일상'만을 유지하는 거지요.

이탈리아 의학자 라마치니의 책《직업인의 질병》을 보면 육체와 영혼의 균형을 유지하는 것이 얼마나 중요한지에 대해 잘 나와 있어요. 고대 그리스 철학자 플루타르코스의 우화 '황소와 낙타'를 가져와 이렇게 이야기합니다.

노예의 벗인 낙타는 황소가 진 무거운 짐을 나누고 싶지 않았다. 이에 황소가 "너는 머지않아서 나의 짐을 전부 짊어지게 될 것이다"라고 말했다. 그리고 황소가 죽자 낙타는 그 짐을 짊어질 수밖에 없었다. 육체가 부탁하는 사소한 위로와 기분 전환을 영혼이 거절하면, 이와 똑같은 일이 벌어지게 될 것이다.

여기서 황소는 육체, 낙타는 영혼을 의미한다는 것을 눈치챘나요? 몸이 너무 힘들다고, 휴식이 필요하다고 말할 때 마음이 그 요구를 외면하면 결국 마음도 대가를 치르게 될 수밖에 없습니다.

몸이 너무 지쳐 버린 다음에 후회하지 말고, 평소 곁에 있을 때 잘 챙겨 주어야 '몸과 마음'이란 단짝이 오래가는 법입니다.

번아웃 증후군은 누구에게나 올 수 있지만 아무에게나 오지는 않습니다. 마음이 몸의 소리에 귀를 기울인다면, 몸이 마음의 뜻을 잘 존중해 준다면, 갑자기 퓨즈가 나가 버리듯 힘이 속절없이 빠져나가는 이상한 현상만은 막을 수 있을 겁니다.

하지만 정신없는 하루를 보내다 보면 몸의 목소리에 귀 기울이기가 쉽지 않습니다. 그럴 때는 바로

'루틴'을 만들어 주면 됩니다. 일상의 평범하고 단순한 규칙을 미리미리 만들어 둔 뒤 매일 충실하게 반복하면 내 몸의 한계를 인정하고 알아주는 '존중의 습관'이 되는 것이지요.

목욕하고,

저녁 먹고,

잠자리에 들어 네 다리를 편다.

_호메로스의 시

저는 이 구절을 처음 접했을 때 '이 무슨 어린이 동요에 나올 법한 말인가' 싶었어요. 그런데 희한하게도 이 구절을 곱씹게 되더군요. 너무나도 단순 명료한 이것이 옛날 사람들의 습관이었다고 합니다.

최근 들어 몸과 마음을 건강하게 만들기 위해 루틴을 만들어야 한다는 움직임이 여기저기에서 일어나는 걸 보면서 옛사람의 지혜가 다행히 사라지지 않았다는 생각을 합니다.

철학자 시라토리 하루히코는 책 《니체와 함께 산책을》에서 수많은 철학자와 예술가들이 산책과 명상, 기도를 하는 시간을 하루의 루틴으로 정해 두고 매일 즐겼다고 말합니다. 창조적이고 위대한 사람들의 비밀은 바로 매일 유지했던 단순한 일상에 있습니다. 몸과 마음이 맑아지고, 쉽게 소진되지 않는 힘을 유지하는 비밀을 알려 드렸으니 꼭 실천해 보시길 바랍니다.

친구가 없어요.
너무 외롭습니다

친구가 없어 외로워요.

다른 사람들도 저와 같은 고민을 하나요?

동창회 모임도 종종 나간다고 합니다. 취미 동호회도 자주 기웃거리고 있다고 하고요. "노력은 하는데 그럼에도 주위에 '진짜' 친구라 할 만한 사람은 없는 것 같다"라고 많은 분들이 이야기합니다. 그러고 나서 꼭 덧붙이는 질문이 있어요.

"저에게 문제가 있는 걸까요? 저만 친구가 없는 것 같아 좀 힘드네요."

조금 오래된 노래가 생각이 납니다. 가수 신형원 씨가 부른 '개똥벌레'인데요. 워낙 유명해서 처음 시작하는 부분은 모두 들어 보셨을 거예요.

아무리 우겨 봐도 어쩔 수 없네.
저기 개똥 무덤이 내 집인걸.
가슴을 내밀어도 친구가 없네.
노래하던 새들도 멀리 날아가네.

2절은 가사가 더 슬픕니다.

마음을 다 주어도 친구가 없네.
사랑하고 싶지만 모두 떠나가네.

가사도 그렇고 곡조도 그렇고 처량함이 물씬한 노래입니다.

문득 개똥벌레가 도대체 어떤 벌레인지 궁금해졌습니다. 놀랍게도 반딧불을 내는 반딧불이의 또 다른 이름이라는 걸 안 순간 의아해졌습니다. 왜 '개똥'에 초점을 맞춰 이름을 지었을까 싶은 거지요.

반딧불이는 밤이 되면 어두컴컴한 풀숲에서 반

짝반짝 빛을 내어 어린아이들은 물론이고 어른들의 호기심까지 불러일으키는 신비로운 곤충입니다. 그래서인지 여러 시에 등장하기도 해요.

저만이 어둠을 꿰매는 양

꽁무니에 등불을 켜 달고 다닌다

_개똥벌레, 윤곤강

꽁무니에 등불을 달고 다닌다니, 상상만 해도 귀엽기도 하고 우습기도 하고 그러면서도 무언가 생각에 잠기게 합니다. 반딧불이는 동물들의 똥무덤 주변에 많이 있다고 해서 개똥벌레라는 별명이 붙었다고 해요. 고유의 '반짝이는 불'보다는 일종의 주변 환경이라 할 수 있는 '개똥'이 이름에 붙게 된 거지요.

당신이 친구가 없다고 느낄 때, 친구가 없는 상황 그 자체는 당신에게 벌어진 '사건'이자 '환경'입니다. 거기에 초점을 맞추면 오늘 밤은 울다 잠이 드는 수밖에 없어요. 그러고 나면 속은 좀 시원해질지 모르겠지만 마음은 착잡함을 완전히 떨쳐 내질 못할 겁니다.

사람의 마음은 어떤 부분에 초점을 맞추고 방점을 찍느냐에 따라 큰 영향을 받습니다. 기분이 달라지고, 밤에 잠이 잘 오는지를 결정하게 됩니다. 그러니까 우리 다시 생각해 보자고요.

친구가 없다는 느낌은 결국 나만 홀로 있다는 것이고 이는 동류^{sameness}가 없다는 자각인 셈인데요. 우리가 혼자가 되거나 소수 그룹에 속하는 게 잘못 혹은 문제일까요? 당연히 그렇지 않습니다. 나와 공감대를 형성할 수 있는 사람이 없고 교류할 만한 대상이 없다는 것은 나에게 문제가 있어서가 아니라 말 그대로 '나와 유사한 종이 없다'는 뜻이거든요.

반딧불이는 현재 천연기념물이 되었습니다. 그

원인 중 하나가 살 수 있는 환경이 청정 지역이라서
라는데요. 이와 비슷하게 지금 당신의 주변은 당신
이 어울릴 만한 무리가 정말 없는 곳일 수도 있습니
다. 어떤 면에선 당신이 즐겁게 살 만한 환경이 아
직 만들어지지 않았다는 뜻일 수도 있고요.

정말 그럴 때가 있을 겁니다
어디 가나 벽이고 무인도이고
혼자라는 생각이 들 때가 있을 겁니다

누가 "괜찮니"라고 말을 걸어도
금세 울음이 터질 것 같은
노엽고 외로운 때가 있을 겁니다

내 신발 옆에 벗어놓았던 작은 신발들
내 편지봉투에 적은 수신인들의 이름
내 귀에다 대고 속삭이던 말소리들은
지금 모두 다 어디 있는가
아니 정말 그런 것들이 있기라도 했었던가

그런 때에는 연필 한 자루 잘 깎아

글을 씁니다

사소한 것들에 대하여

어제보다 조금 더 자란 손톱에 대하여

문득 발견한 묵은 흉터에 대하여

떨어진 단추에 대하여

빗방울에 대하여

정말 그럴 때가 있을 겁니다

어디 가나 벽이고 무인도이고

혼자라는 생각이 들 때가 있을 겁니다

_정말 그럴 때가, 이어령

　물론 당신의 잘못이 아니라고 해도 '금세 울음이
터질 것 같은 노엽고 외로운 때가 있을' 수 있습니
다. 그렇지만 당신이 원하는 친구가 없다는 이유로
좌절에 빠지다 못해 자기 비하에서 허우적대다가
'멸종'하는 것만큼 안타까운 일이 어디 있을까요?

그러니 나에게 어울리는 나의 무리를 찾는 데 조금 더 초점을 맞춰 볼까요?

그러기 위해서는 우선 주변에서 서성거리며 헤매는 걸 멈추세요. 스스로 도약하는 데에 에너지를 쓰는 것이 훨씬 유용할 거라는 뜻입니다. 자신의 본질, 즉 '등불'을 켜는 것을 멈추지 말고 나에게 맞는 무리를 찾을 때까지 조금 더 인내심을 가져 보자는 거지요. 이어령 시인처럼 '연필 한 자루 잘 깎아 글을' 쓰는 것도 좋겠습니다. 남들과 환경을 탓하는 대신 사소하지만 소중한 것들에, 내 내면에 집중해 보세요. 물론 주변의 환경을 바꾸기 위한 노력도 병행해야겠지요.

그러다 보면 당신의 반짝반짝한 빛을 보고 어디에선가 나의 동류가 먼저 똑똑 노크를 할지도 모릅니다. "야, 왜 거기에 혼자 있었어?" 하면서요. 지금은 긴가민가하시겠지만 '정말 그럴 때가' 올 겁니다.

사소한 일에도 자꾸 서운해지고

어린아이처럼 굴게 돼요

사람들이 저를 제일 좋아해 줬으면 좋겠고,

제가 얼마나 힘든지 좀 알아줬으면 좋겠어요.

말도 안 되는 생각이란 걸 알면서도

사소한 일에도 자꾸 서운해져요.

이렇게 어린아이처럼 구는 제가 철이 없는 걸까요?

누군가에게 한없이 기대고 싶은 마음, 엄마나 사랑하는 사람이 무조건 내 마음을 알아주길 바라는 마음, 상대가 나를 가장 소중하게 대해 주길 바라는 마음, 이런 마음들은 어쩌면 사람이라면 태어나면서부터 본능적으로 품고 있는 욕구일지도 모릅니다.

다만 어른이 되면서 이런 어린아이 같은 면을 본능적으로 숨기고 싶어 하는 거지요. 이때의 "어린아이 같다"라는 것은 순수하고 맑은 무언가가 아니라 '좀 모자라고 덜 된' 걸 뜻하니까요. 그래서 어른이 될 것을 주문하는 마음속 초자아는 이런 나를 부끄러워하거나 힐책하는 목소리를 마구 쏟아 내게 됩니다.

"어린애처럼 굴지 마라, 동네 창피하게. 도대체 언제 철들래?"

그렇지만 비난하고 야단치고 강요하며 엄포를 놓는다고 해서 어린아이가 성숙한 어른이 될 수 있을까요? 아닐 거예요. 반대로 받아 주고 다독이면서 차근차근 시간과 공을 들여 가르쳐 주어야 합니다.

그렇습니다. 의존 욕구, 투정 부리고 싶은 마음, 채워지지 않은 사랑과 관심에 대한 갈망……. 이 모든 배고픔을 우리는 평생에 걸쳐 품고 살아가야 합니다.

"아직 덜 익고 미숙한 부분들처럼 보이는 것들도 다 내 소중한 마음이다."

이 사실을 빨리 깨닫고 받아들일수록 '의연한 내 모습'과 만나는 날도 앞당겨질 수 있습니다. 우리 자신이 성숙해지기 위해서는 자기 욕구와 자기 마음에 대해 더 이상 수치Shame를 느끼지 않아야 합니다.

이것만큼 중요한 게 없는 것 같아요.

  '모두가 꽃이야'라는 동요를 들려 드리고 싶어요.
처음 들으면 모든 아이들이, 모든 사람들이 다 소중
하다는 의미로 읽히지만 꽃을 나의 갖가지 마음들
로 바꿔 놓으면 한층 새롭게 받아들여질 겁니다.

  산에 피어도 꽃이고 들에 피어도 꽃이고

  길가에 피어도 꽃이고 모두 다 꽃이야

  아무 데나 피어도 생긴 대로 피어도

  이름 없이 피어도 모두 다 꽃이야

  봄에 피어도 꽃이고 여름에 피어도 꽃이고

  몰래 피어도 꽃이고 모두 다 꽃이야

  아무 데나 피어도 생긴 대로 피어도

  이름 없이 피어도 모두 다 꽃이야

                              _모두 다 꽃이야, 류형선 작사·작곡

  내 마음속엔 정말 다양한 욕구와 감정들이 있는

데 그 어느 것 하나 빼 버릴 것이 없고, 어느 것도 소중하지 않은 게 없지요. 그래서 우리는 때때로 참 '가지가지하는' 내 마음에 대해서도 "모두 다 내 마음이야" 하는 다정한 말로 응답해 주어야 합니다.

나의 연약함, 부족했던 부분, 결핍을 알아주게 된다면 그 자체가 당신이 이전보다 성장했다는 증거가 됩니다. 부끄럼 없이 나를 안아 줄 수 있다면, 나의 부족하고 못난 부분까지 포근하게 품어 줄 수 있다면, 다 큰 거예요. 그러면 한 번 더 말해 주세요.

"이야, 많이 컸네!"

그리고 한 번 더 자신을 꼭 안아 주세요.

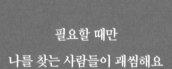

필요할 때만
나를 찾는 사람들이 괘씸해요

평소 교류가 있는 사람은 아니었어요.

그런데 어느 날 갑자기 다가와 곰살맞게 굴어

저를 당황시키더니 필요한 걸 얻어 간 뒤에는

연락두절입니다.

그다음에 우연히 만났을 때

제가 반갑게 아는 척을 하니 냉랭하네요.

뭐 이런 경우가 다 있을까요?

도대체 이런 얌체들, 어떻게 해야 하는 걸까요?

당신에게 세상 사람들은 두 부류로 나뉩니다. 생각하면 할수록 이해가 되는 사람과 생각하면 할수록 이해는커녕 화가 나는 사람들 말입니다.

당신에게 '필요만을 좇는 사람'은 두 번째에 속할 겁니다. "보자 보자 하니까 너무하네! 참아 주는 데도 한계가 있지!"라는 말이 절로 나오는 순간, 우리는 '평화주의자'를 포기하게 됩니다. 그렇지만 얌체 짓을 당하는 순간마다 딱 부러지는 결단을 내리지 못하고 참게 된 것은 아마도 당신을 괴롭히는 다음과 같은 목소리들 때문이었을 겁니다.

"쟤도 사정이 있었겠지."

"그렇다고 앞으로 무시하고 똑같이 굴면 너무한 거 아닐까? 기분이 나빠도 사람을 무시하면 안 되지."

이런 목소리는 당신의 '선한 마음'과 '품위 유지 노력'을 들쑤시며 당신을 꽤나 힘들게 했을 겁니다.

이때 우리가 생각해 봐야 할 게 있어요. 사람은 결국 유유상종이라고 자신과 결이 맞는 사람들과 더불어 살게 마련이라는 사실을요. 당신과 결이 맞지 않는 사람인데 이해하기 위해 애쓸 필요가 있을까요?

'저 사람은 그래도 겉으로는 친근하게 구는데 나만 일방적으로 무시하고 모른 척해도 되는 걸까?'

그럼에도 마지막까지 이런 목소리가 당신의 인간적인 면을 공격한다면 다음과 같이 생각해 보세요. 그들은 필요할 때만 나를 찾는 사람들이 아니라 '하이에나'라고 말이지요. 자기 욕심과 필요에 따라

호시탐탐 덤벼드는 하이에나를 무시하거나 피해 버리지 않으면 다른 무슨 방법이 있을까요?

틈을 내어 주지 않는 것이 상책입니다. 그동안 어쩔 수 없이 저들이 필요한 것들을 내어 주면서 관계를 맺어 왔다면 당신의 갑작스러운 무시 반응은 여러 가지 반발을 낳을 수도 있습니다. 그럴수록 궁극적으로 반사적인 대응을 하지 않도록 주의하면서 반응의 강도를 줄여 가야 합니다.

하이에나들로 판명이 났다면 내 삶의 영역에 끼어들지 않도록 해야 하지 않을까요? 이를 위해선 무시의 전략이 최선의 방책이란 점도 스스로 명확히 해야 합니다. 말하자면 앞으로는 먼저 가서 아는 척하는 일은 없어야겠지요.

'하이에나 같은 자들을 정말 모른 척하다가 혹여라도 고립되거나 비난을 받으면 어쩌지' 하는 막연한 불안이 있을 수도 있습니다. 이때 타인을 존중하는 것만큼 나 자신을 보호하고 나의 인격이 타의에

의해 훼손되지 않도록 힘쓰는 것이 중요함을 잊지
마세요.

인류를 향한 존중은 '자기 존중'에서 시작됩니다.
잠시 당신의 주위가 한산해지더라도 아무 걱정하
지 말고, 당신의 인격과 소중한 자원을 훔쳐 가는
사람들은 무시하고 올곧게 나아가세요. 진정한 품
격을 위해서!

딱 한 줄기만 올려 뻗어간다
언뜻언뜻 그림자로 내비쳐진 속내야 웅성대도
잠시 주춤 휘어지고 멈추더라도
결국은 한 길로 나의 길을 간다

_독야청청, 손진원

이 나이가 되어도
여전히 엄마가 싫습니다

10대 때부터 엄마와 사이가 좋지 않았어요.

친구나 지인이면 손절이라도 할 텐데

그럴 수도 없고…….

엄마는 정말 평생 벗어날 수 없는 굴레일까요?

흔히들 하는 말이 있습니다.

"너도 부모 돼 봐라."

"부모 마음은 부모가 돼 봐야 아는 거야."

성장하는 동안 부모와의 사이에서 깊은 골을 경험한 사람들은 이런 말을 들을 때마다 자신을 다독입니다. '나이가 들면 괜찮아지겠지', '내가 너무 옹졸한 건가? 내가 미처 생각하지 못한 부분이 있을 거야'라고요. 하지만 사람 일이 꼭 그렇게 되지만은 않습니다.

"어릴 때부터 엄마와의 골이 깊었어요. 저를 집안의 하녀 취급했거든요. 경제적 독립을 하고 결혼

해서 따로 살고 난 뒤에는 좀 나아졌다 싶은데 그래도 여전히 불편합니다. 저도 이제 어른인데 언제까지 이런 관계에 빠져 있어야 하는 걸까요?"

자라는 내내 부모와 갈등을 겪고 사이가 몹시 불편해진 경우에 스스로 부모가 되고 나면 '나도 부모의 마음이란 걸 이해할 수 있지 않을까' 하는 막연한 기대를 하기 쉽습니다. 혹은 시간이 얼추 지나면 마음의 응어리도 풀어질 거라 생각했을 수 있어요.

그렇게 될 수 있다면야 얼마나 좋을까요? 사람의 마음이란 게 시간과 환경에 의해 자연스레 편안해질 수만 있다면 심리적 고통이나 마음의 병 따위는 생겨나지도 않겠지요.

물론 어떤 괴로움들은 나이가 들면 자연스럽게 흐려지기도 합니다. 젊은 시절에는 죽느냐 사느냐 하는 문제였던 것도 점차 대수롭지 않게 변해 갈 수 있고, 현실의 다른 문제들에 밀려서 더는 생각나지 않을 수도 있으니까요.

그러나 자기 부모와의 갈등이나 상처는 인간에게 중요한 본질을 이루기 때문에 꼬이고 꼬여서 단단한 매듭이 되어 버린 후에는 여간해서 잘 풀어지지 않습니다. 그래서 아이들을 키울 때 서운하고 속상해하는 것들을 오래 묵혀 두지 않도록 자주 속 깊은 대화로 마음을 헤아려 주라고 하는 것이지요. 아이들뿐만 아니라, 사람과 사람 사이에는 가능한 한 그때그때 마음을 읽고 풀어 주는 게 중요한 법입니다.

만약 자신에게 부모와의 내적 갈등이 있다면 우선은 풀기 어려운 매듭이라는 사실부터 받아들이는 게 중요합니다. 금전 문제라든가 환경이나 가치관의 차이에서 비롯되는 충돌 등 외부로 드러나는 갈등보다 심리적으로 꼬여 있는 관계 문제는 정말 해결하기 어렵고 복잡합니다.

다행히(?) '부모로 인한 마음의 고통과 상처'라는 심리 테마는 당신만이 겪는 유별난 문제가 아님을 말해 주고 싶습니다. 특히 딸과 엄마의 관계 문제는 젊은 사람들만의 문제가 아니라 할머니가 되어서도, 심지어 부모가 돌아가신 이후에도 벗어나기 힘든 오래된 화두임을 기억하면 좋겠어요.

이미 세상의 많은 사람들이 겪고 있는 일이고 풀기 어려운 문제이니 포기하자는 얘기가 아닙니다. 오히려 그 반대입니다. '부모 잘못 만나서 골이 깊은 채로 사는 게 내 운명이겠거니' 하고 마냥 괴로워하거나 굴복하지는 말자는 겁니다. 또 성인이 된 나와는 이제 상관없는 것으로 치부하며 삶의 변방으로 내쫓아 버리고자 억지로 힘을 쏟지도 않았으면 좋겠습니다.

어린 시절 부모로 인해 생긴 상처도 내 것이고, 갈등도 내 것입니다. 내가 풀어야 할 '나의 매듭'임을 분명히 하자는 얘기입니다. 오롯이 나만이 해결할 수 있는, 내가 해결해야 할 나의 문제입니다.

그러니 자신의 시간과 노력을 들여서 매듭이 생겨난 원인부터 찾아내고 이해해 나가야겠지요. 내가 엄마가 되고 보니 내 엄마가 더 이해되는 게 아니라 도리어 더욱 이해할 수 없다는 생각이 들 수도 있습니다. 과거의 기억이 수면 위로 떠오르면서 '엄마라면서 자식인 나에게 어떻게 그럴 수 있지!' 하는 강한 반문과 함께 말이지요.

이럴 때 가장 먼저 해야 할 일은 스스로에게 지난 고통과 상처를 마주하는 시간을 충분히 주는 것입니다. 이때 조심할 것이 있어요. 다 큰 자식은 나이든 엄마를 무조건 이해하고 돌봐야 한다는 압박과 올가미를 경계하는 것입니다. 이런 마음의 올가미는 자신의 편에서 스스로를 이해하는 것을 끊임없이 방해하기 때문이에요.

내가 부모가 되는 것과 내가 아이일 때 받은 상처가 치유되는 것은 별개의 과정입니다. 어쩌면 자신의 아이를 위해서라도 자기의 옛 상처와 매듭을 풀어 내는 것은 무엇보다 중요할지 모릅니다. 자신이 한 번도 경험하지 못한 부모의 역할을 하려고 할 때마다, 혹은 해야 하는 순간마다 화가 불쑥불쑥 올라오거나 갈등에 빠질 수 있기 때문입니다. 배우지도 못하고 경험하지도 못한 것을 혼자 해내기란 어려울 수밖에 없습니다.

자신에게 물어보세요. 당신이, 오직 당신만이 매듭을 풀 수 있는 열쇠를 가지고 있다는 사실을 받아들일 수 있는지를요. 아마 당장은 불쾌하고 억울하고 부담스러울 수 있습니다. 하지만 나의 결정에 따라 내 인생이 앞으로 얼마든지 달라질 수 있다는 사실이 온전히 마음에 닿으면 당신은 또 다른 희망을 품을 수 있을 겁니다.

행복의 문은
스스로 여는 것

남이 그 문을

대신 열어줄 수는 없다

행복의 문을 여는
열쇠는

이 사람 저 사람의 손길이 닿는
외부에 있지 않고

남들의 눈에 보이지 않는
바로 내 마음속

깊은 곳에
감추어져 있기 때문이다

_행복의 열쇠, 정연복

Letter 14.

밤에 잠이 안 와서
너무 괴로워요

제가 이런 일로 고민하게 될지 몰랐네요.

어느 날부터 밤에 잠이 오지 않아요.

힘들게 잠이 들어도 두 시간 뒤에 깨기 일쑤예요.

불면증이란 게 이런 걸까요?

말로만 듣던 불면증이

이렇게 괴로운 건지 처음 알았네요.

현대인에게 '불면증^{Insomnia}'만큼 친근한(?) 정신병리 용어가 또 있을까 싶습니다. 어린아이에겐 자장가를 불러 주고 토닥토닥 재워 주는 엄마라도 있지만, 스스로 자려고 애를 써도 잠 못 드는 어른들은 누가 어떻게 도와줄 수 있을까요?

전 세계적으로 수면 치료제 시장은 날로 확장되고 있지만 불면 인구를 돕기에는 여전히 역부족입니다. '좋은 잠'은 사람이 영면할 때까지 매일 해내야 하는 숙제이자 삶의 질과 행·불행을 결정짓는 요소가 되어 버린 게 사실입니다.

잠을 잘 올 때는 어떻게 해서 잠이 잘 오는지 별

로 궁금해하지 않지만, 잠이 안 와서 밤새 뒤척거리는 날을 만나면 우리는 불면의 이유를 찾으려 애를 쓰곤 합니다.

"도대체 왜 잠이 안 오는 거냐고!"

그 이유를 금방 알게 되는 경우도 있습니다. 하지만 불면이란 것이 오래 지속되고 습관처럼 굳어 버리면 원인을 찾기가 어려워지는데요. 더군다나 불면이 신체나 외부 요인에 의한 것이 아니라면 치료자 본인조차도 정확히 이유를 찾아낼 수 없는 경우가 많습니다. 그러면 대개는 원인 찾기는 포기하고 "그냥 몇 시간이라도 잘 자게 해 주세요" 하고 요청하게 됩니다.

그래도 불면의 원인을 찾고자 끈질기게 물고 늘어지는 정신분석적 관점에서는 당신의 몸과 마음이 잠을 가지고 무언가 이야기하는 중이라고 봅니다. 잠들기 전에 피어오르는 생각들, 잠들었을 때 꾸는 꿈, 깨자마자 드는 느낌 같은 것들은 당신의 무의식에 접근하는 좋은 재료들이에요. 그래서 잠이 안 오는 진짜 이유는 사실상 당신의 무의식만이 알고 있다고 하는 겁니다.

　프랑스의 시인이자 극작가인 장 콕토는 '잠자는 사람'이란 시에서 잠과 관련해 이런 재미난 표현을 했습니다.

　잠, 사람을 돌로 만들어 버리는 샘물(…)
　꿈은 잠이 누는 똥

　잠자는 사람을 묘사하고 있지만, 여기에서 미동도 없이 '돌이 되어 버린 사람'은 시체를 떠올리게 합니다. 콕토는 잠든 사람이 세상을 등진 모습에 빗대어 현실을 향한 "무언의 복수"라고 말합니다. 말하자면 내게 고통을 준 지독한 현실에 대한 '가장 수동적이면서도 가장 강력한 방식의 항변'인 셈이지요.

잠자는 사람 자체는 세상에서 제일 무력하고 외부 위험에 취약한 모습일지 모릅니다. 하지만 현실세계의 입장에선 더 이상 그의 정신세계에 다가갈 수 없습니다. 전혀 소통할 수 없는 말 그대로 '단절' 상태인 거지요. 그런 점에서 잠은 그 사람과 관련한 모든 현실들을 일시 정지시키는 가장 강력한 무기가 됩니다. 도라에몽의 타임 스토퍼처럼 말이에요.

잠자는 사람은 '잠이라는 마법의 샘물'을 마시고 스스로 세상과의 연결을 일정 시간 동안 완전히 꺼버립니다. 오프 상태가 되는 거지요. 그러고는 홀연히 자기만의 세계로 들어가 버려요. 더 기가 막힌 것은 세상과 차단된 상태에서 아무것도 하지 않는 것은 아니란 점입니다.

이제 꿈의 세계에서 그는 무소불위의 디렉터가 되어 왕성하게 활동합니다. 이 세계에서는 자신이 원하는 것은 뭐든지 할 수 있고 뭐든지 될 수 있어요. 자신이 표현하고자 하는 모든 감정들, 판타지와 생각들을 모조리 표현해 낼 수 있는 공간이 곧 꿈이

지요. 그렇기 때문에 악몽조차도 결국 자신이 표현하고픈 내적 진실이라고 보는 겁니다.

꿈속에서 당신은 여러 방식으로 무의식적 감정들을 분출해 냅니다. 그 안에서 가해자가 되기도 하고 희생자가 되기도 합니다. 덤덤한 관찰자가 되기도 하고 혹은 관객이 되기도 합니다. 분노와 슬픔, 좌절과 고통 등 내면의 감정들이 꿈속에 고스란히 담겨 있기 때문입니다.

그래서 밤새 괴롭히다 못해 낮까지 내 기분을 망쳐 버리는 '뭣 같은' 꿈이, 정신분석에서는 잠이 남기고 간 선물이 될 수 있습니다. 늘 나에 관한 중요한 진실을 말해 주니까요.

어쩌면 잠을 자는 동안에야말로 가장 나답게 되는 건지도 모릅니다. 제일 열심히 나로서 살아가는 중일지도요. 그리고 이러한 무수한 감정 활동들은 우리의 낮과 과거의 날들에서 비롯된 것입니다.

그런 이유로 당신이 불면증에 시달리고 있다면 단순히 수면 습관이나 수면 환경만 살펴서는 안 됩니다. 반드시 당신의 낮도 함께 살펴야 해요. 대개 낮이 버거울수록 밤도 힘들어질 수밖에 없습니다. 불안과 스트레스 요인들은 대부분 대낮에 일어나거든요. 나를 힘들게 하는 인간관계, 책임지고 해결해야 할 수많은 짐들이 사실상 밤마저 삼켜 버린 셈입니다. 그런 스트레스가 파도처럼 밀려와 밤까지 덮쳐 버린 나머지 '정상적으로' 현실과 등지는 것조차 불가능해진 상태가 바로 불면인 것입니다.

그러니 밤이 아닌 낮으로 눈을 돌려야 합니다. 낮의 상태와 현실을 돌봐 주지 않으면, 당신의 무의식은 머릿속을 시끄럽게 해서라도 불면의 상태를 만들어 당신을 자꾸 깨울 겁니다. 그러니 당신의 몸이 바라는 것을 생각해 보고 필요를 채워 주는 것부터 해 보는 건 어떨까요?

우선순위를 생각해 보세요. 나를 제일 힘들게 하

는 것은 무엇인가요? 그런 다음 제일 힘들게 하는 일상들부터 '가지치기'하는 작업을 시작해야 할 수도 있습니다. 당신의 몸과 마음을 너무 무겁게 만드는 버거운 짐들을 현실적으로 덜어 낼 방법을 모색해 보아야 해요. 이러한 작업을 하나씩하나씩 해 나갈 때 가랑비에 옷 젖듯이 한결 수월해진 자신을 느끼게 될 겁니다.

당신을 자꾸 깨우는 마음속 목소리에 귀를 기울여 보세요. 그리고 잠자리에 누웠다면 낮 동안의 걱정이나 불안을 자꾸 떠올리며 곱씹기보다는 오늘 하루를 잘 보낸 자신을 격려해 주고 좋았던 순간을 되새겨 보길 바랍니다. 다음 시 속의 화자처럼 '난 행복해질 것 같애', '내일은 오늘보다 좋은 일이 생길 것 같아' 하고 중얼거려 보세요. 어느새 스스르 달콤한 잠이 올 거예요.

난 곧 행복해질 것 같애
새벽 잠자리에서, 반쯤 깨어 뒤척이며

그런 생각을 해

베개를 밀고 요 호청에

얼굴을 묻고 엎드리며

반쯤은 넋이 나가고

반쯤은 가장 분명히 깨어

난 행복해질 것 같애 곧.

_새벽, 양애경

저만 잘해 주는

관계 때문에 지쳤습니다

항상 제가 먼저 연락합니다.

항상 제가 먼저 만나자고 해요.

매년 생일 선물도 저만 챙겨요.

이제는 좀 지치는 거 같아요.

균형이란 건 자전거를 탈 때만 필요한 게 아닙니다. 사람과 사람 사이에서도 필요하지요. 지나치게 한쪽으로 기울어진 인간관계는 당연히 힘이 드는 법입니다.

"저는 비혼입니다. 친구가 결혼할 때 축의금에 집들이 선물에 아이 돌잔치 선물까지 챙겼어요. 오랜 친구라 행사가 있을 때마다 나름 성의껏 챙겨줬는데 이제는 점점 힘이 드네요. 저는 비혼이라 받을 일이 없는데 친구는 제 선물을 당연하게만 여기네요."

언제나 '나만……'이란 말머리가 고개를 들이밀고 있나요? 그렇다면 이것은 '이제 남 말고 나도 좀 돌봐 줘'라고 마음을 노크하는 내면의 목소리임을 기억하면 좋겠습니다. 왜 이렇게 유치한 생각을 하냐며 도리어 자신을 나무라지 말고요. 우리는 누구나 이기적이고 유아적인 부분을 간직한 채 살아갑니다.

어른이 된다는 건 '완벽한 성숙'을 의미하는 게 아닙니다. 나이는 먹었지만 내적으로 연약하고 자기 중심적인 부분이 남아 있다는 사실, 그래서 여전히 자기 돌봄과 성찰을 지속할 필요가 있다는 것을 명확하게 알되 현실에 맞게 잘 대처할 수 있는 상태를 의미합니다. 우리는 완전무결한 신적인 존재가 아니니까 말이지요.

그렇다면 '힝, 늘 나만 잘해 주는 것 같아' 하는 이 마음 또한 잘 보듬어 줘야 하지 않을까요? 여기에는 생각보다 많은 의미가 숨어 있습니다.

일단은 그동안 당신이 오래된 친구에게 그야말로 지극정성을 다 했다는 뜻이겠지요. 그리고 친구를 위하는 당신의 마음이 물질적인 것 그 이상으로, 세월의 양만큼 차곡차곡 쌓였다는 것을 알 수 있습니다.

그러한 당신에게 서운한 마음이 생겼다면 이건 무슨 뜻일까요? 이른바 '망한 투자'를 의미하는 걸까요? 처음부터 당신 또한 뭘 바라고 한 것이기에 돌아오는 보상이 너무나 적은 데서 생겨 나는 손해 보는 심정 비슷한 걸까요? 아니면 그전까지는 순수하고 기쁜 마음에서 우러나온 선물인 줄 알았는데 이제야 당신의 이기적인 마음이 본색을 드러낸 걸까요? 비즈니스 관계처럼 '수지타산'이 안 맞을 때 나타나는 마음의 브레이크인 걸까요?

어쩌면 이런 질문들 하나하나가 당신의 마음을 더 아프게 했을 수 있습니다. 속에서 '아니야, 그런 건 아니라고' 하는 반발이 터져 나왔다 해도 전혀 이상하지 않아요.

누구보다 스스로가 잘 알 겁니다. 상대방과 관계를 맺을 때 자신이 계산을 잘하는 사람인지 아닌지, 하나하나 세세하게 따지면서 주고받기를 해 왔던 사람인지 아닌지 말이에요. 만일 계산과 따짐이 정확하고 사람 관계에서도 이득을 먼저 생각했다면 이런 고민 따위는 아예 존재하지도 않았을 겁니다.

그렇다면 인간관계에서 '장삿속'과는 거리가 멀었던 당신이 어쩌다 '주기만 하고 나는 받은 게 없네'라며 손익을 셈해 보는 지경에 이르렀을까요?

우선 명확히 해 두어야 할 것이 몇 가지 있습니다.

1. 인간은 누구나 이기적인 속성이 있다는 사실과 실제로 그 속성을 바탕으로 자신의 이득을 위해 타인을 이용하느냐의 문제는 전적으로 다른 것이다. 타인을 사람이 아닌, 자기 욕망을 해소하기 위한 도구이자 물질로 보는 비인격

적·비인간적 속성은 이기심과 구별되어야 한다.

2. 타인과의 관계는 이기심 그 이상의 목적들로 이루어진다.

3. 인간은 사랑과 나눔 그 자체를 바라는 존재다.

당신의 친구가 말 그대로 고의를 갖고 당신을 도구로 취급했을 수 있습니다. 아니면 주고받음의 관계에서 상대적으로 한쪽 저울만 오랫동안 기울어진 탓일 수도 있습니다. 그래서 저울이 삐거덕 고장이 난 것인지도 모르지요.

또 다른 가능성도 있습니다. 친구는 처음부터 당신을 진정한 친구로 여겨 왔고, 그 사실이 변한 적도 없는 경우입니다. 속된 말로 친구가 당신을 이용해 먹은 게 아니라면, 그렇다면 당신의 서운함은 주고받음의 불균형에서 비롯된 문제가 아닐 수도 있습니다.

어쩌면 말이에요. 당신과 친구 사이의 달라진 환경, 달라진 조건 등에서 비롯된 문제는 아닐지 생각해 보아야 합니다.

친구에게는 있는데 나에게는 없는 것. 그런 둘 사이의 간극 자체가 당신의 결핍감을 자극했을 수도 있습니다. 당신의 삶에서 '비어 있는 부분'이 친구를 통해 직간접적으로 건드려질 수 있다는 뜻이지요.

그렇다면 문제는 관계가 아니라 당신 자신일 수 있습니다. 이럴 때는 어떻게 해야 할까요.

나에게 부족한 것은 없는지, 있다면 무엇인지 찾아야 합니다. 그동안 비교적 잘 살아왔다 하더라도 현재 삶에서 필요한 것들인데 놓치고 있었던 것은 없는지, 특히 내적 필요에 초점을 맞춰 생각해 보세요. 그리고 보다 친밀한 관계를 맺을 수 있는 대상에 대한 갈망은 없는지도 찬찬히 살펴보면 좋겠습니다.

사람에겐 누구나 '나만의 패밀리'를 갖고 싶어 하

는 욕망이 있습니다. 즉, 진정한 내 편 혹은 특별한 최측근을 만들고 싶다는 갈망이 달라진 친구의 상황을 통해 불거져 나왔을지도 모릅니다.

그렇지만 잊지 마세요. 당신의 가장 친한 친구는 결국 자기 자신입니다. 자신에게 충실한 사람은 상대방에게 지나친 기대도, 실망도 하지 않습니다. 아니, 그럴 일이 없어요. 관심이 나와 상대방의 관계가 아니라 내 내면으로 향해 있으니까요.

잠시 친구에 대한 서운함은 걷어 내고 당신 자신의 내적 필요에 귀를 기울여 주세요. 필요하다면 친구와 연락이나 만남을 잠시 미뤄 두고 혼자만의 시간을 갖는 것도 좋습니다. 이렇게 자발적으로 선택하는 '고독'은 자기 자신에게 더 집중하게 만든다는 점에서 외롭고 고통스러운 시간이 아니라 의미 있고 심지어 즐거울 수도 있는 시간입니다.

그러다 보면 여전히 나눠 주기를 즐겨 하고 아무

계산 없이 상대의 행복을 바라던 당신 자신의 모습
으로 돌아갈 수 있을 겁니다. 분명히요.

다른 사람들이 교회의 축복을 느끼는 방식으로
나는 고독을 느낀다.
고독은 내게 있어 은혜의 불빛이다.
나는 내 방문을 닫을 때마다
스스로에게 자비를 베풀고 있음을 느낀다.

_고독의 축복, 페터 회

전 왜 이렇게 게으를까요?

머릿속으로는 해야 할 일이 계속 생각나는데

손가락 하나 까딱하기가 싫어요.

이 세상에서 제가 제일 게으른 것 같아요.

게으름으로 고민하는 분들이 의외로 참 많습니다. 본격적인 얘기를 나누기에 앞서 잠시 작자 미상의 시 한 편을 소개합니다.

쓰자, 나의 게으름을. 토. 씨. 하. 나. 빼지 말고.
나. 는. 게. 으. 르. 다. 나는 게으르다.
나는 게으르다. 나는 몹시 게으르다.

그러나, 그러나,
서러워 눈물이 떨어진다.
게으르기 싫다. 이 게으름이 지독히도 싫다.
나는 부지런해지고 싶다.

매일에 부지런하고 싶다.

내 성공에 부지런해지고 내 삶에 부지런해지고 싶다.

난 행복해지고 싶다. 행복한 나를 원한다!

이제 똑똑히 보이는가?

너는 게으른 게 아니라 지독히도 행복해지고 싶을 뿐!

네 마음은 행복을 갈망하느라 안달이 났고, 이미 부지

런하다.

행복을 원하느라.

이제 네 부지런한 마음을 믿고

손을 뻗자.

한 발을 내딛자.

푸념으로 가득 찬 게으름 정글 말고

생기 넘치는 행복의 항구를 향해.

당장 쓰자, "오늘 나는 행복을 향해 걸어가는 중"이

라고.

"나는 왜 이렇게 게으를까?"

"나란 인간은 구제불능인가?"

많은 사람들이 스스로를 게으르다고 생각합니다. 그러고는 자책합니다. 게으름은 사람들이 자기를 책망하는 가장 흔한 이유이자 가장 주요한 근거가 되기도 하지요. 여기서 잠깐 딴소리를 해 봅시다.

한번 자문해 보세요.

"내가 진정으로 원하는 것은 무엇인가? 단순히 게으름에서 벗어나는 것인가?"

단박에 '아니!'라는 답이 나올 거예요. 궁극적으로 원하는 건 그런 게 아닐 겁니다.

일단 우리는 확실하게 선을 그을 필요가 있습니다. '게으름'과 '나'를 동일시하는 데에서 벗어나자는 겁니다. 동일시에서 벗어나 지나친 자책 없이 담백하게 "나는 게으름이 싫다"라고 말할 수 있어야 합니다. 괜히 나와 싸우는 데 소중한 힘을 빼선 곤란하니까요.

사실 게으른 자신을 책망하는 사람들은 대부분 부지런한 속성을 가졌습니다. 부지런함의 가치를 알고 열심을 좋아하는 사람들이기에 자책하는 것이지요.

정말 게으른 사람들은 다른 생각을 합니다. '얼마나 쉴까?', '어떻게 하면 일을 안 할 수 있을까?' 이런 걸 열심히 궁리했으면 했지, 자기가 왜 게으를까 자아비판을 하거나 죄책감 따위에 연연해하지 않습니다.

이 점은 꼭 알아 두었으면 좋겠습니다. 원래 부지런하고 계획성 있는 걸 좋아하기 때문에 게으른 것을 괴로워한다는 사실을요.

또 하나 중요한 사실은 게으름을 좋아하고 사랑하는 것도 괜찮다는 겁니다.

여기에서 '사악한 게으름'과 '해맑은 게으름'을 구분할 필요가 있어요. 남을 등쳐 먹고 타인에게 마땅히 해야 할 일을 미루거나 떠넘기는, 그래서 자신은 교묘히 책임을 피한 채 나 몰라라 하는 진짜 사악한 사람들의 게으름을 경계해야 합니다.

이런 게으름은 항상 이기심과 사악함을 동반하고 있어요. 심지어 열심히 자기 책임을 다하려는 사람들의 노력과 의지를 비웃고 조롱하기까지 하니 이런 게으름에 오염되거나 피해를 입지 않도록 조심해야지요.

그렇다면 해맑은 게으름은 무슨 말이냐고요? 여기에 대해서는 우리의 사랑스러운 곰돌이 푸가 천연덕스럽게 말해 주고 있어요.

"난 매일, 아무것도 안 하기를 하고 있는걸(I do nothing everyday)!"

우리에겐 뭐든 할 수 있는 자유와 함께 아무것도 하지 않을 자유가 있습니다. 무엇을 하고, 하지 않고는 전적으로 자신의 몫이지요.

쉼, 그 자체도 인간의 행위에 속한다는 점을 기억하세요. 실제로 매일 잠자는 것은 우리에게 꼭 필요한 '행동'이랍니다.

자동차를 보세요. 계속 움직이기만 하나요? 앞으로 나아가기만 하던가요? 운전자가 브레이크를 밟는다고 해서, 사이드 브레이크를 올리고 주차를 한다고 해서, 그 누구도 차가 게으르다고 말하지 않아요. 주행할 땐 주행하고, 멈춰 세울 땐 멈추고, 모두다 필요합니다.

다만 구체적인 방법과 자기가 원하는 방향을 잘 모를 때 문제가 생기는데, 그럴 때마다 '난 왜 이리 게으르고 아무 생각이 없는 걸까!' 하고 머리를 쥐어박으며 책망하면 곤란하지요. 그럴 때는 《어린 왕자》 속 어린 왕자의 이야기에 귀를 기울이면 좋겠어요.

"저기……. 쉬고 싶을 때 쉴 수 있는 방법이 있어."

어린 왕자의 이 같은 말에 "그게 뭔데?"라는 물음이 나온다면 당신에겐 정말 휴식이 필요한 게 틀림없습니다. 어쩌면 당신의 게으름은 최근 주변에서 숱하게 보이는 번아웃 그 자체이거나, 그런 극단적 상황을 경고하는 몸과 마음의 신호일지도 모릅니다.

또 당신이 어떤 일을 구체적으로 계획했음에도 불구하고 자꾸 미루는 것 같아 답답하다면 스스로에게 질문을 던져 보세요.

1. 그 일을 시작하기에 신체적·정신적 에너지가 충분한가? 에너지가 부족해서 시작하지 못하는 것은 아닌가?
2. 과연 지금 시작해도 되는지 내적 확신이 있는가? 확신이 서지 않아서 머뭇거리는 것은 아닐까?

마음 편하게 자유자재로 쉼을 누리는 어른들은 생각보다 많지 않습니다. 언제 쉴지, 언제 다시 움직일지 이 모든 것을 적절하게 통제하고 조절하기는 평생에 걸친 숙제 같은 것입니다. 어린 시절 배변 훈련으로 자신의 신체를 조율하는 능력을 습득하듯, 일과 쉼의 균형 감각을 자연스레 체득하는 훈련 과정 역시 반드시 필요합니다.

여러 매체를 통해 주입된 '열심히 일한 사람만이 쉴 권리가 있다'는 암묵적 룰도 우리를 괴롭힙니다. 그렇기 때문에 더더욱 일을 시작하기 전 일종의 '준비 과정'으로 스스로 에너지를 비축하는 것, 충전 모드를 취하는 것에 대해 당당해야 합니다. 명령에 의한 일이든, 자율에 의한 일이든 상관 없이요.

충분히 쉼을 누리면 충전이 완료되어 빨간불은 초록 불로 바뀝니다. 내 마음에 진짜 초록 불이 환하게 켜질 때 몸도 마음을 따라 절로 움직일 것을 믿으세요. 그러면서 표면에 나타나는 게으름의 진짜 의미와 필요를 짚어 보세요. 혹여라도 쉬는 것을 게으름과 혼동하는 오류에 빠지지 말아야 합니다. 그리고 모든 쉼과 정체기엔 나름의 이유가 있다는 걸 기억하자고요.

너 보기엔 내가

늘 여럿이 어울리어 파란 하늘

높게 나는 것만 좋아하는 것 같지만

가끔은 혼자서 조용히

흔들림 없는 나뭇가지 끝에 앉아

따사한 가을햇살 즐기며

편안히 쉬는 것도 나의 큰 즐거움이란다

네가 그런 것처럼 나도

항상 날갯짓만 하며 살아갈 수는 없는 거니까

_잠자리의 휴식, 오보영

'항상 날갯짓만 하며 살아갈 수는 없는' 법입니다. 더 멀리, 더 높게 날기 위해서 잠시 쉬어 가기도 해야 한다는 사실을 잊지 마세요.

꿈이 없어요

뭘 좋아하는지, 뭘 해야 할지 모르겠어요.

꿈이 없어요.

저처럼 꿈이 없는 사람들이 있나요?

"이 나이에 꿈이 없어 어쩌냐"라는 이 자조 섞인 질문에 등장하는 '나이'는 실제로 특정 연령만을 의미하지 않습니다. 한창 꿈을 찾는 고민과 방황이 시작되는 10대의 단골 질문이기도 하지만 20대를 지나는 취업 준비생, 사회 초년생에게 들을 때도 많습니다.

　또 이제 막 자신만의 영역을 발굴하고 여기에 온 힘을 다해 매진하기 시작하는 30대에게서 듣기도 하고, 결혼을 하고 꽤 안정된 삶을 꾸려 가는 것처럼 보이는 이들, 아이를 키우는 엄마들에게서도 자주 듣곤 합니다. 물론 인생 후반으로 넘어가는 이들의 하소연이 되기도 하지요. 즉, 실제 나이와는 상관 없이 인생을 사는 동안 누구나 언제든지 던질 수 있는 질문이라는 뜻입니다.

"꿈이 없어서 괴롭습니다. 어떻게 하면 내 꿈을 다시 찾을 수 있을까요?"

차라리 이런 질문이라면 조금 더 풀어 가기가 쉬워요. 왜냐하면 최소한 목적은 분명하니까요. 이를테면 '잃어버린 꿈을 찾아서'와 같은 제목을 붙일 수 있다는 거지요.

문제는 "꿈이 없어요" 다음에 "이게 정상인가요?"라는 알쏭달쏭한 꼬리표가 붙는 경우입니다. 어쨌든 도움을 주고 싶은데 쉽지가 않습니다. 꿈을 찾고 싶어 하는 건지, 꿈이 딱히 없어도 잘살 수 있다는 확신을 얻고 싶어서인지, 꿈이 꼭 있어야 하는지 알고 싶다는 것인지 등등 질문의 의미와 숨은 뜻이 구분이 가지 않기 때문이지요. 사실 질문자가 의도를 숨긴다기보다는 스스로도 모르는 경우가 대부분이라 더 어렵습니다.

꿈이 필요한데 없는 거라면 당연히 정상이 아니겠지요? 윤동주 시인의 시를 봐 주세요.

바닷가 사람

물고기 잡아 먹고 살고

산골엣 사람

감자 구워 먹고 살고

별나라 사람

무얼 먹고 사나.

_무얼 먹고 사나, 윤동주

어떤 존재든 저마다 '먹어야 할 것'이 따로 있습니다. 그건 결국 어느 나라에 속하는지에 따라 다를 겁니다. 그러니 꿈을 먹고 살아야 하는 사람이 꿈을 잃어버리면, 당장은 별문제 없고 멀쩡해 보여도 결국엔 탈이 나고 말 테지요.

별나라 사람에게 물고기나 감자만 먹으라고 한다면 과연 허기가 채워질까요? 그렇지 않겠지요. "참 별나다"라는 소리를 듣는 한이 있어도 별나라 사람에게 어울리는, 별나라 사람이 꼭 먹어야 하는 먹거리를 찾아야만 할 겁니다.

당신은 무얼 먹고 사는 사람입니까? 이것을 알아내는 게 가장 중요합니다. 가장 먼저 할 일이고요.

별나라 사람이 바닷가 사람과 산골 사람들 틈바구니에서 먹고살 것을 찾기란 쉽지 않을 수 있어요. 그래서 처음부터 꿈이 없었다기보다는 어릴 적 꿈을 잃어버렸거나, 묻었거나, 먼지에 싸여 희미해졌을 가능성이 많습니다.

어떤 식으로든 흐릿한 꿈이 어렴풋이라도 떠오르걸랑 예전처럼 싹싹 지우지 마세요. 일단은 '꿈꾸는 시간'을 일주일에 한 시간이라도 가져 보면 어떨까요? 물고기는 물에서 살아야 정상이듯 꿈을 먹어야 사는 사람은 꿈 없이는 살기 어려울 게 틀림없습니다. 어찌어찌 살아간다 해도 행복과는 거리가 멀어지겠지요. 정상이 도대체 무엇인가요? 우리 모두가 바라는 진정한 정상이란 '행복'이 아니던가요.

이렇게 아무런 꿈도 없이 살아갈 수는 없지
가문 가슴에, 어둡고 막막한 가슴에
푸른 하늘 열릴 날이 있을거야
고운 아침 맞을 날이 있을거야
길이 없다고, 길이 보이지 않는다고
그대, 그 자리에 머물지 말렴
길이 끝나는 곳에서 길은 다시 시작되고
그 길 위로 희망의 별 오를테니

길을 가는 사람만이 볼 수 있지
길을 가는 사람만이 닿을 수 있지
걸어가렴, 어느 날 그대 마음에 난 길 위로
그대 꿈꾸던 세상의 음악이 울릴테니
지금까지 걸어온 길과 이제부터 걸어갈 길 사이에

꿈이 없어요

겨울나무처럼 그대는 고단하게 서 있지만

길은 끝나지 않았어, 끝이라고 생각될 때

그때가 바로, 다시 시작해야 할 때인걸

_길이 끝나는 곳에서 길은 다시 시작되고, 백창우

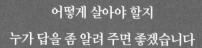

어떻게 살아야 할지

누가 답을 좀 알려 주면 좋겠습니다

지금 상황이 너무 갑갑한데

어떻게 해야 할지 모르겠어요.

시작할 수도 없고 끝낼 수도 없는

그런 어떤 곳에 갇힌 느낌이에요.

누군가 답을 좀 알려 주면 좋겠습니다.

지푸라기 잡는 심정으로 사주도 보러 가고,

타로도 보러 가지만

속 시원한 답 같은 건 어디에도 없네요.

살다 보면 '오도 가도 못하는 심정'에 빠질 때가 있습니다. 말 그대로 진퇴양난進退兩難의 상황이지요. 뭘 어쩌기엔 너무 멀리 온 기분에 사로잡힐 수도 있습니다. 이럴 수도 저럴 수도 없는 상황, 이러지도 저러지도 못하는 당신에게 필요한 것은 무엇일까요?

어떻게 보면 해결책은 간단합니다. 사실 '해답' 하나만 알면 됩니다. "회사가 너무 힘들어서 그만두고 싶은데, 여기서 나가면 솔직히 갈 곳이 없습니다"라는 고민이라면 "퇴사해서 새 길을 찾으세요" 또는 "지금 회사에 남는 것이 최선입니다" 하는 식의 답을 줄 해결사만 있어도 모든 상황은 한순간에

정리될 테지요. 하지만 그 대답 한 줄을 찾는 것이 그렇게 어렵습니다.

그래서 복잡해진 머릿속을 리셋하고자 술을 찾기도 하고 '그냥 지금은 이럴 때라 생각하자'라며 애써 다른 시도는 하지 않은 채 멍해지기를 자처하기도 합니다. 물론 '이 또한 지나가리라' 하면서 좀 버려 주는 것도 나쁘지는 않아요.

하지만 그것마저 쉽진 않지요. 시간이 지날수록 계속 솟구쳐 올라오는 조급함은 이런 구호들마저 무용지물로 만들곤 합니다. 타로를 잘 보는 사람이 있다는 말에 귀가 솔깃하고, 오늘의 운세를 자꾸 뒤적거리게 되는 것도 난감하고 무기력해질 때 이를 이겨 내고자 하는 반사적인 행동입니다.

안타깝지만 궁극적인 해결은 결국 저마다의 몫으로 남습니다. 운이 좋아서 해결사라 여기는 대상을 알고 있다면 그게 무엇이 되었든 누가 되었든지 당장이라도 찾아 나서면 되겠지요. 그러나 그런 해결사조차도 비슷한 상황에 뭉뚱그려 적용할 수 있는 일반적인 답변만 줄 뿐, 오롯이 나 하나만을 위한 해답을 주기란 쉽지 않습니다.

사실 자신의 문제에 완벽한 답을 줄 수 있는 해결사는 자기 외부에 존재할 수 없습니다. 어떤 존재가 답을 건네준다 하더라도 그것이 '맞다', '아니다'라는 최종 결정을 하는 주체는 또다시 당신 자신이기 때문이지요.

땅 위엔
크고 작은 길 여럿 있지만
목표하는 곳은 모두 같다.

가까이나
멀리 갈 수 있고
둘이나 셋이 갈 수도 있지만
마지막 한 걸음은
자기 혼자서 가야만 한다.

아무리 싫은 일이라도

혼자서 하는 일보다

더 나은

지혜도 능력도 없기 때문에.

_혼자 가는 길, 헤르만 헤세

그렇습니다. '마지막 한 걸음은 자기 혼자서 가야만' 합니다. 왜냐고요? 결국은 내가 살아 내야 할 내 인생이니까요. 목표로 정한 곳이 행복이라면 누가 대신 데려다줄 수 없습니다. 내 발로 뚜벅뚜벅 가야 합니다.

현재 하고 있는 일에서 어떤 의미도 찾을 수 없고 앞을 내다 봐도 뾰족한 그림이 그려지지 않을 때, 과거는 과거대로 현재의 나를 괴롭히고 있을 때야말로 자기 자신과 더욱 가까워져야 할 때임을 기억하세요.

만일 당신 스스로가 당신의 마음과 뜨거운 입맞춤을 할 수 있다면 마치 잠자는 공주가 깨어나듯, 암흑에서 밝은 빛으로 나아가는 중요한 전환이 이루어질 겁니다. 당신에게 가장 특별한 사람은 바로 자기 자신입니다. 그리고 자신만이 가장 정확하고 '책임 있는' 답을 줄 수 있다는 걸 잊지 마세요.

시를 하나 들려 드릴게요. 다 읽은 후에는 잠시 눈을 감아 보세요.

괴로운 사람아 괴로운 사람아

옷자락 물결 속에서도

가슴 속 깊이 돌돌 샘물이 흘러

이 밤을 더불어 말할 이 없도다.

거리의 소음과 노래 부를 수 없도다.

그신듯이 냇가에 앉았으니

사랑과 일을 거리에 맡기고

가만히 가만히

바다로 가자,

바다로 가자.

_산골물, 윤동주

　'돌돌' 샘물 소리가 들리시나요? 이 시를 여러 번 읽어도 '돌돌'은커녕 적막寂寞만을 경험하게 된다면 정말 졸졸졸 시냇물이 흐르는 곳이나 철썩철썩 파도치는 소리가 울리는 바다로 가야 합니다. 가만히 내 마음을 들여다볼 수 있도록요. 문제는 밖이 아니라 대개 내 안, 내 마음 바닷속에 있거든요. 답답한 현실 조건만 들여다보지 말고 고독하더라도 자신 안으로 들어가 보세요. 그래야 당신을 정말 기쁘게 하는 것이 무엇인지를 찾아낼 수 있습니다.

　여유도 없고 시간도 없다면 하다못해 물레방아 돌아가는 소리라도 들으면서 가슴속 깊이 흐르는 샘물과 만나도록 하세요. 희미하지만 전에는 들리지 않던 어떤 마음의 물소리가 들려 오면 그 흐름을 따라가세요.

　두렵거나 불안하더라도 바로 돌아서면 안 됩니다. 주변이 온통 지뢰밭같이 느껴질 때일수록 섣불리 도망치지 마세요. 그러다가는 인생의 결정적인 기회를 놓치거나 더 큰 손해를 볼 수 있으니까요.

　더욱 신중해지되 막 듣게 된 마음의 작은 물소리를 놓치지 말고 꼭 붙들어 매세요. 그것만이 '답'으로 향하는 유일한 끈이자 길입니다.

제가 무엇을 원하는지도
모르겠어요

다른 사람들은 자신이 무엇을 원하는지

잘도 아는 것 같은데

저는 왜 이럴까요?

제가 뭘 원하는지 저조차도 잘 모르겠습니다.

참 어려운 질문입니다. 다른 사람도 아니고, 내가 나 자신이 원하는 것을 모르겠다니요. 어쩌다가 이렇게 된 걸까요?

잠시, 어린 왕자의 이야기에 귀를 기울여 볼게요.

"안녕."
어린 왕자가 말했다.
"안녕."
장사꾼이 말했다.
그는 갈증을 풀어 주는 새로 나온 알약을 파는 사람이었다. 일주일에 한 알씩 먹으면 마시고 싶은 욕망을 영

영 느끼지 않게 되는 약이었다.

"왜 그걸 팔아?"

어린 왕자가 말했다.

"이 약은 시간을 굉장히 절약하게 해 주거든. 전문가들이 계산을 해 보았어. 매주 53분씩 절약된다는 거야."

장사꾼이 말했다.

"그 53분으로 뭘 하지?"

"하고 싶은 걸 하지……."

'만일 나에게 마음대로 쓸 수 있는 53분이 있다면 맑은 샘을 향해 천천히 걸어갈 텐데……' 하고 어린 왕자는 생각했다.

우리는 대체로 자신의 '갈망'에 대해 무지합니다. 때로는 버겁고 무거운 것으로, 그다지 깨끗하지 못한 것으로, 처치 곤란한 무언가로 생각하며 지레 겁먹곤 합니다. 그렇지만 갈망이야말로 인간에게는 맑은 샘과 같은 생명의 원천이라는 사실을 알고 계시나요?

어린 왕자 속 장사꾼은 시간을 절약해서 하고 싶은 것을 하기 위해 '물을 마시고 싶다'라는 욕망을 없애려고 합니다. 당신 역시 장사꾼처럼 욕망을 없애는 데 힘을 쓸 수도 있고, 반대로 어린 왕자처럼 욕망을 향해 한 걸음 한 걸음 걸어갈 수도 있습니다. 어느 쪽이든 당신의 선택이지요. 하지만 묻고 싶습니다. 갈망과 욕망을 없애서 얻은 시간으로 도대체 무얼 얻을 수 있을까요? 그렇게 아낀 시간과 에너지로 다른 일을 해 보았자 그게 어떤 의미가 있을까요?

욕망을 마르게 하는 데 너무 애를 쓰면 나중에 시간은 남아돌지 몰라도 하고 싶은 게 없어지는 무료함에 빠지게 됩니다. 사실 '하고 싶은 마음'이 있고서야 시간이란 것도 그 필요와 의미를 갖는 법이지요. 그래서 사람들은 '하고 싶은 게 없다'라는 감정 앞에서 어쩔 줄 몰라 하며 괴로워하는 겁니다.

무언가 마음속에서 시끄러운 목소리가 들리는데

무슨 말을 하는지 잘 모르겠나요? 아니면 마음에 어떤 압박이나 당장 해내야 할 무언가 때문에 집중을 할 수 없나요? 너무 오래 외면해서 말라 버린 욕망과 갈망을 어떻게 찾아야 할까요? 어떤 상황이든 별도리가 없습니다.

일단 밖으로 나가 '걸으세요.'

제가 이렇게 말하면 대부분의 환자들은 예상치 못한 답이라며 놀라곤 합니다. 하지만 가장 힘이 없을 때, 마음이 복잡하고 머리가 터져 나가는 것 같을 때, 간신히 숨만 겨우 깔딱깔딱 쉬는 것만 같을 때, 그럴 때는 바로 '걷기'가 제일 좋습니다. 참 아이러니하게도 마음의 혼돈은 가장 단순한 동작의 반복을 통해 진정되곤 합니다. 그러고 보면 사람들이 스트레스를 받을 때 설거지나 걸레질 같은 반복적인 행동에 끌리는 경향이 있다는 것도 이상한 일이 아닌 거지요.

제가 무력해지려고 할 때마다 떠올리는 것이 바로 로댕의 조각품 〈생각하는 사람〉과 자코메티의 〈걸어가는 사람〉입니다. 이 두 작품은 다시 출발할 수 있는 지점을 짚어 주곤 했습니다.

마침내 나는 일어섰다.
그리고 한 발을 내디뎌 걷는다.
어디로 가야 하는지
그리고 그 끝이 어딘지 알 수는 없지만,
그러나 나는 걷는다.
그렇다. 나는 걸어야만 한다.

_알베르토 자코메티, 〈걸어가는 사람〉 조각가

현실에서 가장 무능할 때 할 수 있는 것이 있다면 바로 '생각하기와 걷기'라고 생각해요. 그리고 산책은 이 두 가지를 함께 할 수 있는 활동이기에 강력하게 추천하고 싶습니다.

'목적 없이 걷기'만큼 부작용이 거의 없고 스트레스를 다루는 데에 적격인 게 없습니다. 기분 좋을 때도, 힘들 때도, 답답할 때도 걷게 되면 자기 자신과 가장 가깝게 만나는 길이 열립니다.

발바닥을 계속 땅에 닿도록 하는 행위 자체가 당신의 뇌를 깨어나게 할 겁니다. 그렇게 깨어난 뇌로 다시 당신의 발걸음 하나하나에 집중하도록 노력해 보세요. 신체적으로 걷는 데에 아무 제한이 없다면 걷는 것이야말로 온전히 당신 마음대로 할 수 있는 행동 중 하나입니다.

언제까지 걷느냐고요? 순전히 마음 내키는 대로 걸으면 됩니다. 멈추고 싶으면 그 자리에서 멈춰서도 좋아요. 어차피 목적지를 염두에 둔 걷기가 아니기 때문에 괜찮습니다. 기어다니던 아기가 생애 첫 걸음에 도전하듯, 한 걸음 한 걸음의 감각과 걷는 행위에 집중해 보자고요. 걷기를 어느 정도 했다면 이제 주변을 둘러보세요. 이 역시 보고 싶은 만큼 보고 감상하고 싶은 만큼 감상하면 됩니다. 햇빛과 바람을 느껴 보고, 어떤 냄새가 콧속을 자극하는지도 경험해 보세요.

한결 내 마음의 시선이 스스로의 몸과 감각에 향해 있다는 것을 느낄 수 있을 겁니다. 여러 가지 다양한 감각의 자극을 느꼈다면, 이제 그 감각에서 시작된 당신만의 상상이나 연상, 생각, 기억들을 따라가 보세요. 그 자체가 이미 당신의 내면 속으로 들어간 겁니다. 내 마음에 떠오르는 것이 무엇이든 간에 그중 '하나만' 잡아 보는 건 어떨까요? 거기가 내면의 소리에 귀를 기울이는 출발점이 됩니다.

이를 테면 우리는 잘 느껴지지 않는 '잎새에 이는 바람'에도 반응할 수 있습니다. 다만 그 반응을 무심결에 흘려 보내지 말고 가만히 안아서 함께 걸어 보세요.

마음속에 떠오르는 생각이나 기억이 강렬하거나 대단한 것이 아니어도 좋고 많지 않아도 좋습니다.

작고 사소한 것이라도 하나에 곰곰이 집중하는 시간이 필요할 뿐입니다.

죽는 날까지 하늘을 우러러
한 점 부끄럼이 없기를,
잎새에 이는 바람에도
나는 괴로워했다.
별을 노래하는 마음으로
모든 죽어가는 것을 사랑해야지.
그리고 나한테 주어진 길을
걸어가야겠다.

오늘 밤에도 별이 바람에 스치운다.

_서시, 윤동주

당신에게
조금 더 전하고 싶은 이야기

1.   홀로서기가 두려운

당신에게

홀로서기를 앞두고서는 누구나 불안하고 두렵기 마련
입니다. 그런 당신에게 해 주고픈 말이 있어요. 헤르만
헤세는 〈차라투스트라의 귀환〉이라는 글을 통해 홀로
서기의 즐거움에 대해 이렇게 말합니다.

어린아이에서 어른이 되는 것은
단지 한 발자국, 한 번의 단절을 두려워하지 않는 데 있다.
고독하게 되는 것, 자기 자신이 되는 것,
어머니나 아버지로부터 떨어져 나오는 것인데,
이것이 바로 어린아이에서 어른이 되는 첫걸음이다.

_〈차라투스트라의 귀환〉중에서, 헤르만 헤세

일단 한 발자국만 떼면 됩니다. 딱 한 번만 해보면 그다음과 그다음은 훨씬 수월해질 겁니다. 기우뚱기우뚱하다 어느 순간 탁, 홀로 선 자신을 마주할 때의 짜릿함은 맛보지 않은 사람은 결코 알 수 없는 것이지요. 불안을 넘어서 홀로서기의 즐거움을 향해 막 걸음을 내딛는 당신을 응원합니다.

2. **현실의 높은 장벽에 부딪혀**

좌절을 경험한

당신에게

이상과 현실, 목표와 결과 사이의 넘을 수 없는 간극에 절망하는 이들이 많습니다. 헤르만 헤세의 다음 시를 조용히, 천천히, 곱씹어 읽고 생각하기를 권합니다. 그 어떤 조언이나 위로의 말보다 더 깊은 울림을 선사할 거라 믿습니다.

때때로 모든 것은 거짓되고 슬프게 보인다.

우리가 고통 속에 나약하고 지쳐 있을 때면 말이다.

모든 감동은 슬픔이 되고,

모든 기쁨의 날개는 부러진다.

그리하여 우리는 먼 곳을 동경하며 귀를 기울인다.

그곳으로부터 새로운 기쁨이 오지 않을까 하고.

그러나 매번 외부로부터 어떠한 기쁨도

어떠한 운명도 우리에게 오지 않는다.

우리, 신중한 정원사들은

자신의 본질에 귀 기울여야만 한다.

그곳으로부터 꽃의 얼굴을 한

새로운 기쁨이, 새로운 힘이 자랄 때까지.

_때때로, 헤르만 헤세

내게 고통과 슬픔을 주는 간극에만 집중하지 마세요. 내가 진정으로 원하는 것이 무엇인지 본질에 귀 기울여 보세요. 그러면 힘든 시간이 지나고 새로운 기쁨이 자랄 겁니다.

3. 많이 답답하고
울고 싶은

당신에게

울음에도 순기능이 있을까요? 네, 있습니다.

울음은 갓 태어난 아기들에게는 물론 어른에게도 중요한 소통의 수단이 되곤 합니다. 어느 때엔 언어 그 이상의 힘이 있는 것이 눈물과 울음소리입니다. 감정이 존재로부터 터져 나올 수 있는 유일한 통로가 되기도 하지요.

우리는 생각보다 말 못하는 순간들을 종종 겪기도 하고, 자기 감정을 실시간으로 알아주지 못할 때가 많기 때문입니다. 나도 모르게 흘러내리는 울음은 "너무 늦기 전에 알아달라"라는 내 마음의 SOS 신호의 역할을 합니다.

내 울음소리를 들어 본 적이 있나요?

스스로 자기 울음소리를 듣는 경험은 생소할 수 있지만 의외의 반향을 가져올 것입니다. 마치 타인인 것처럼 나의 울음을 내가 들어 주는 것. 이 낯선 체험이 당신 내면의 '공감 기능'을 자극하고 활성화시킬 것입니다.

나 홀로 우는 시간에는 타인 앞에서 흐느껴 우는 것보다 훨씬 진실할 수 있고, 솔직해질 수 있습니다. 그 와중에 이웃집이 신경 쓰이고 다른 사람이 의식된다면 이불을 뒤집어쓰고 우는 것도 좋은 방법입니다. 어떻게 해서든 그 울음을 있는 그대로 자신의 귀로 들어 주는 과정이 있어야 합니다. 먼저 들어야 울음의 이유와 정체에 대해서 조금 더 깊이 알아가는 것도 비로소 가능해지지 않을까요?

오, 울음이여, 오, 달콤한 폭발이여, 행복한 녹아내림이여.
사상과 시가 있는 이 세상의 모든 책들도
감정이 흘러넘치고 영혼이 자아를 깊이 느끼는
일순간의 흐느낌에 비하면 아무것도 아니다.

눈물은 고통을 녹게 하는 영혼의 얼음이다.

우는 자 옆에 모든 천사가 가까이 있다.

_계속 꾸는 꿈, 헤르만 헤세

울지도 못하는 사람보다 그래도 울 수 있는 사람, 눈물
이 남아 있는 사람이 훨씬 행복하다고 합니다. 비참하게
느껴질 때, 고통스러움을 넘어 미칠 것만 같을 때, 많이
답답할수록 우리에겐 울음이 필요합니다.

울고 싶은 만큼 울 수 있는 자유를 허락해 주세요. 그래
야 숨통이 트일 기회를 얻게 되고, 내 마음이 너무 굳어
지기 전에 자신을 건져 낼 수 있습니다.

4.   진정한 행복이
무엇인지 고민스러운

당신에게

진정한 행복이 무엇일까 궁금한가요? 행복이 무엇인지 몰라 혼란스러운가요? 그렇다면 당신은 내면의 만족과 현실의 필요 사이에서 갈등을 겪는 중인 게 틀림없습니다.

특히 현실의 무게가 크게 느껴지는 상황일수록 우리는 자칫 나의 만족이나 행복에서 멀어지는 것은 아닌지 자동으로 불안 신호가 작동하게 되어 있어요. 나의 만족과 현실, 이 둘 중 하나만 택해야 하는 문제처럼 인식하게 되고, 하나를 얻으면 필히 하나를 잃고 마는 것처럼 갈등에 휩싸이게 됩니다.

당신이 불가피하게 '현실의 필요'에 손을 들어 주었다고 해도 괜찮습니다. 행복의 지침만 잃어버리지 않는다면 앞으로 오게 될 또 다른 선택과 기회의 순간에 가장 좋은 결정을 할 수 있을 테니까요.

동화 작가이자 《타샤의 정원》을 쓴 타샤 튜더의 말을 들려 주고 싶습니다. 그녀의 삶을 보고 있자면, 글을 쓰고 꽃과 나무를 가꾸는 꿈과 같은 삶을 산 것처럼 보이지만 그 누구보다 훌륭하게 현실에 정착해서 잘살아냈다는 생각이 듭니다. 그녀는 실제 정원사이기도 했는데 진정한 마음의 가드닝이 무엇인지를 가르쳐 주고 있어요.

사람들이 행복의 비결이 뭐냐고 물어요.
저는 내면의 소리를 듣고 자신의 삶을 살라고 답하죠.
저는 그렇게 살았고, 그래서 행복합니다.

_행복의 비결, 타샤 튜더

이처럼 자기 내면의 소리를 궁금해하고 거기에 성실하

고 충실하게 따르는 태도가 당신을 진정한 행복으로 이 끌어 줄 겁니다.

○

항우울제 대신 힘이 되어 줄
시 처방전 다시 읽기

전심

최고의 것을 기대한다면 당신이 이루고자 하는 것에 '전심'을 다하세요.

인생에 실패하는 까닭은 능력이 없어서가 아니라, 온 마음을 다하지 못해서입니다.

진심을 담아 성공을 기대해 본 적이 있나요?

마음이 없으면 온전히 이루지 못합니다.

마음 가는 곳에 당신의 시간과 열정, 에너지를 쏟게 됩니다.

바로 앞에 어떤 담이 놓여 있나요?

당신의 마음을 그 담장 너머로 던져 버리세요.

그러면 나머지는 자연히 따라올 겁니다.

당신의 끈기도, 집념도, 완수하는 힘도 그 마음을 따라갈 겁니다.

심장이 원하는 일, 좋아하니까 하게 되는 일,

그런 일을 하세요,

끝까지 해내는 '성공'을 원한다면!

_노먼 빈센트 필

산 너머 저쪽

산 너머 언덕 너머 먼 하늘 밑
행복이 있다고 사람들이 말하네.

아, 나도 친구 따라 찾아갔다가
눈물만 머금고 돌아왔다네.

산 너머 언덕 너머 더욱더 멀리
그래도 사람들은 행복이 있다고 말을 한다네.

_카를 부세

만남 1

인생이 추울 때 너를 만나

나를 꽃으로 대해 준 네가 고맙다

많이 밟힌 여정

한 번도 주목받지 못한 시선

너를 만남으로 나를 새롭게 만난다

인생이 추울 때 너를 만나

나를 꽃으로 대해 준 네가 고맙다

_하금주

앵두

고 몰랑몰랑한 열매 속에
고 새빨간 살 속에
동글동글한 앵두 속에
돌보다 더 단단한 씨가 들어 있다
그것을 알아야 한다
그 연하고 부드럽고 고운
쬐꼬만 알 속에
야무진 진실이 들어 있다는 것을

_이오덕

여인숙

인간이라는 존재는 여인숙과 같다.

매일 아침 새로운 손님이 도착한다.

기쁨, 절망, 슬픔

그리고 약간의 순간적인 깨달음 등이

예기치 않은 방문객처럼 찾아온다.

그 모두를 환영하고 받아들이라.

설령 그들이 슬픔의 군중이어서

그대의 집을 난폭하게 쓸어 가 버리고

가구들을 몽땅 내가더라도

그렇다고 해도 각각의 손님을 존중하라.

그들은 어떤 새로운 경험을 주기 위해

그대를 청소하는 것인지도 모르니

어두운 생각, 부끄러움, 후회

그들을 문에서 웃으며 맞으라.

그리고 그들을 집 안으로 초대하라.

누가 들어오든 감사하게 여기라.

모든 손님은 저 멀리서 보낸

안내자들이니까.

_잘랄루딘 루미

봄날

대학 본관 앞

부아앙 좌회전하던 철가방이

급브레이크를 밟는다.

저런 오토바이가 넘어질 뻔했다.

청년은 휴대전화를 꺼내더니

막 벙글기 시작한 목련꽃을 찍는다.

아예 오토바이에서 내린다.

아래에서 찰칵 옆에서 찰칵

두어 걸음 뒤로 물러나 찰칵찰칵

백목련 사진을 급히 배달할 데가 있을 것이다.

부아앙 철가방이 정문 쪽으로 튀어나간다.

계란탕처럼 순한

봄날 이른 저녁이다.

_이문재

마음이 담긴 길을 걸어라

마음이 담긴 길을 걸어라.

모든 길은 단지 수많은 길 중

하나에 불과하다.

그러므로 그대가 걷고 있는 그 길이

단지 하나의 길에 불과하다는 사실을

언제나 기억하고 있어야 한다.

그대가 걷고 있는 그 길을

자세히 살펴보라.

필요하다면 몇 번이고 살펴봐야 한다.

만일 그 길에 그대의 마음이 담겨 있다면

그 길은 좋은 길이고,

만일 그 길에

그대의 마음이 담겨 있지 않다면

그대는 기꺼이 그 길을 떠나야 하리라.

마음이 담겨 있지 않은 길을

버리는 것은

그대 자신에게나 타인에게나

결코 무례한 일이 아니니까.

_돈 후안

사는 이유

투명한 것은 날 취하게 한다

시가 그렇고

술이 그렇고

아가의 뒤뚱한 걸음마가

어제 만난 그의 지친 얼굴이

지하철을 접수한 여중생들의 깔깔웃음이

생각나면 구길 수 있는 흰 종이가

창밖의 비가 그렇고

빗소리를 죽이는 강아지의 킁킁거림이

매일 되풀이되는 어머니의 넋두리가 그렇다

누군가와 싸울 때마다 난 투명해진다

치열하게

비어가며

투명해진다

아직 건재하다는 증명

아직 진통할 수 있다는 증명

아직 살아 있다는 무엇

투명한 것끼리 투명하게 싸운 날은

아무리 마셔도 술이

오르지 않는다

_최영미

마음이 행하는 바를 따르십시오

마음이 행하는 바를 따르십시오.

모든 중요한 일에 있어

당신의 마음만이 올바른 길잡이입니다.

"그러나 나의 마음은 참으로 보잘것없습니다."

두려워하지 마십시오.

그대가 행하고자 하는 것은

우리들 마음속에

살고 있는 신[神]이 결정하는 것입니다.

_칼릴 지브란

몸과 마음을 위한 시

목욕하고,

저녁 먹고,

잠자리에 들어 네 다리를 편다.

_호메로스의 시

정말 그럴 때가

정말 그럴 때가 있을 겁니다

어디 가나 벽이고 무인도이고

혼자라는 생각이 들 때가 있을 겁니다

누가 "괜찮니"라고 말을 걸어도

금세 울음이 터질 것 같은

노엽고 외로운 때가 있을 겁니다

내 신발 옆에 벗어놓았던 작은 신발들

내 편지봉투에 적은 수신인들의 이름

내 귀에다 대고 속삭이던 말소리들은

지금 모두 다 어디 있는가

아니 정말 그런 것들이 있기라도 했었던가

그런 때에는 연필 한 자루 잘 깎아

글을 씁니다

사소한 것들에 대하여

어제보다 조금 더 자란 손톱에 대하여

문득 발견한 묵은 흉터에 대하여

떨어진 단추에 대하여

빗방울에 대하여

정말 그럴 때가 있을 겁니다

어디 가나 벽이고 무인도이고

혼자라는 생각이 들 때가 있을 겁니다

_이어령

모두 다 꽃이야

산에 피어도 꽃이고 들에 피어도 꽃이고

길가에 피어도 꽃이고 모두 다 꽃이야

아무 데나 피어도 생긴 대로 피어도

이름 없이 피어도 모두 다 꽃이야

봄에 피어도 꽃이고 여름에 피어도 꽃이고

몰래 피어도 꽃이고 모두 다 꽃이야

아무 데나 피어도 생긴 대로 피어도

이름 없이 피어도 모두 다 꽃이야

_류형선 작사 · 작곡

독야청청

딱 한 줄기만 올려 뻗어간다

언뜻언뜻 그림자로 내비쳐진 속내야 웅성대도

잠시 주춤 휘어지고 멈추더라도

결국은 한 길로 나의 길을 간다

_손진원

행복의 열쇠

행복의 문은
스스로 여는 것

남이 그 문을
대신 열어줄 수는 없다

행복의 문을 여는
열쇠는

이 사람 저 사람의 손길이 닿는
외부에 있지 않고

남들의 눈에 보이지 않는
바로 내 마음속

깊은 곳에

감추어져 있기 때문이다

_정연복

새벽

난 곧 행복해질 것 같애

새벽 잠자리에서, 반쯤 깨어 뒤척이며

그런 생각을 해

베개를 밀고 요 호청에

얼굴을 묻고 엎드리며

반쯤은 넋이 나가고

반쯤은 가장 분명히 깨어

난 행복해질 것 같애 곧.

_양애경

고독의 축복

다른 사람들이 교회의 축복을 느끼는 방식으로

나는 고독을 느낀다.

고독은 내게 있어 은혜의 불빛이다.

나는 내 방문을 닫을 때마다

스스로에게 자비를 베풀고 있음을 느낀다.

_페터 회

쓰자, 나의 게으름을

쓰자, 나의 게으름을. 토. 씨. 하. 나. 빼지 말고.

나. 는. 게. 으. 르. 다. 나는 게으르다.

나는 게으르다. 나는 몹시 게으르다.

그러나, 그러나,

서러워 눈물이 떨어진다.

게으르기 싫다. 이 게으름이 지독히도 싫다.

나는 부지런해지고 싶다.

매일에 부지런하고 싶다.

내 성공에 부지런해지고 내 삶에 부지런해지고 싶다.

난 행복해지고 싶다. 행복한 나를 원한다!

이제 똑똑히 보이는가?

너는 게으른 게 아니라 지독히도 행복해지고 싶을 뿐!

네 마음은 행복을 갈망하느라 안달이 났고, 이미 부지런하다.

행복을 원하느라.

이제 네 부지런한 마음을 믿고

손을 뻗자.

한 발을 내딛자.

푸념으로 가득 찬 게으름 정글 말고

생기 넘치는 행복의 항구를 향해.

당장 쓰자, "오늘 나는 행복을 향해 걸어가는 중"이라고.

_작자 미상

잠자리의 휴식

너 보기엔 내가

늘 여럿이 어울리어 파란 하늘

높게 나는 것만 좋아하는 것 같지만

가끔은 혼자서 조용히

흔들림 없는 나뭇가지 끝에 앉아

따사한 가을햇살 즐기며

편안히 쉬는 것도 나의 큰 즐거움이란다

네가 그런 것처럼 나도

항상 날갯짓만 하며 살아갈 수는 없는 거니까

_오보영

무얼 먹고 사나

바닷가 사람

물고기 잡아 먹고 살고

산골엣 사람

감자 구워 먹고 살고

별나라 사람

무얼 먹고 사나.

_윤동주

길이 끝나는 곳에서 길은 다시 시작되고

이렇게 아무런 꿈도 없이 살아갈 수는 없지

가문 가슴에, 어둡고 막막한 가슴에

푸른 하늘 열릴 날이 있을거야

고운 아침 맞을 날이 있을거야

길이 없다고, 길이 보이지 않는다고

그대, 그 자리에 머물지 말렴

길이 끝나는 곳에서 길은 다시 시작되고

그 길 위로 희망의 별 오를테니

길을 가는 사람만이 볼 수 있지

길을 가는 사람만이 닿을 수 있지

걸어가렴, 어느 날 그대 마음에 난 길 위로

그대 꿈꾸던 세상의 음악이 울릴테니

지금까지 걸어온 길과 이제부터 걸어갈 길 사이에

겨울나무처럼 그대는 고단하게 서 있지만

길은 끝나지 않았어, 끝이라고 생각될 때

그때가 바로, 다시 시작해야 할 때인걸

_백창우

혼자 가는 길

땅 위엔

크고 작은 길 여럿 있지만

목표하는 곳은 모두 같다.

가까이나

멀리 갈 수 있고

둘이나 셋이 갈 수도 있지만

마지막 한 걸음은

자기 혼자서 가야만 한다.

아무리 싫은 일이라도

혼자서 하는 일보다

더 나은

지혜도 능력도 없기 때문에.

_헤르만 헤세

산골물

괴로운 사람아 괴로운 사람아

옷자락 물결 속에서도

가슴 속 깊이 돌돌 샘물이 흘러

이 밤을 더불어 말할 이 없도다.

거리의 소음과 노래 부를 수 없도다.

그신듯이 냇가에 앉았으니

사랑과 일을 거리에 맡기고

가만히 가만히

바다로 가자,

바다로 가자.

_윤동주

어린왕자 중에서

"안녕." 어린 왕자가 말했다.

"안녕." 장사꾼이 말했다.

그는 갈증을 풀어 주는 새로 나온 알약을 파는 사람이었다. 일주일에 한 알씩 먹으면 마시고 싶은 욕망을 영영 느끼지 않게 되는 약이었다.

"왜 그걸 팔아?"

어린 왕자가 말했다.

"이 약은 시간을 굉장히 절약하게 해 주거든. 전문가들이 계산을 해 보았어. 매주 53분씩 절약된다는 거야."

장사꾼이 말했다.

"그 53분으로 뭘 하지?"

"하고 싶은 걸 하지……."

'만일 나에게 마음대로 쓸 수 있는 53분이 있다면 맑은 샘을 향해 천천히 걸어갈 텐데……' 하고 어린 왕자는 생각했다.

_생텍쥐페리

걸어가는 사람

마침내 나는 일어섰다.

그리고 한 발을 내디뎌 걷는다.

어디로 가야 하는지

그리고 그 끝이 어딘지 알 수는 없지만,

그러나 나는 걷는다.

그렇다. 나는 걸어야만 한다.

_알베르토 자코메티

서시

죽는 날까지 하늘을 우러러

한 점 부끄럼이 없기를,

잎새에 이는 바람에도

나는 괴로워했다.

별을 노래하는 마음으로

모든 죽어가는 것을 사랑해야지.

그리고 나한테 주어진 길을

걸어가야겠다.

오늘 밤에도 별이 바람에 스치운다.

_윤동주

어른이 되는 것

어린아이에서 어른이 되는 것은

단지 한 발자국, 한 번의 단절을 두려워하지 않는 데 있다.

고독하게 되는 것, 자기 자신이 되는 것,

어머니나 아버지로부터 떨어져 나오는 것인데,

이것이 바로 어린아이에서 어른이 되는 첫걸음이다.

_헤르만 헤세

때때로

때때로 모든 것은 거짓되고 슬프게 보인다.

우리가 고통 속에 나약하고 지쳐 있을 때면 말이다.

모든 감동은 슬픔이 되고,

모든 기쁨의 날개는 부러진다.

그리하여 우리는 먼 곳을 동경하며 귀를 기울인다.

그곳으로부터 새로운 기쁨이 오지 않을까 하고.

그러나 매번 외부로부터 어떠한 기쁨도

어떠한 운명도 우리에게 오지 않는다.

우리, 신중한 정원사들은

자신의 본질에 귀 기울여야만 한다.

그곳으로부터 꽃의 얼굴을 한

새로운 기쁨이, 새로운 힘이 자랄 때까지.

-헤르만 헤세

계속 꾸는 꿈

오, 울음이여, 오, 달콤한 폭발이여, 행복한 녹아내림이여.

사상과 시가 있는 이 세상의 모든 책들도

감정이 흘러넘치고 영혼이 자아를 깊이 느끼는

일순간의 흐느낌에 비하면 아무것도 아니다.

눈물은 고통을 녹게 하는 영혼의 얼음이다.

우는 자 옆에 모든 천사가 가까이 있다.

_헤르만 헤세

행복의 비결

사람들이 행복의 비결이 뭐냐고 물어요.

저는 내면의 소리를 듣고 자신의 삶을 살라고 답하죠.

저는 그렇게 살았고, 그래서 행복합니다.

_타샤 튜더